외연도

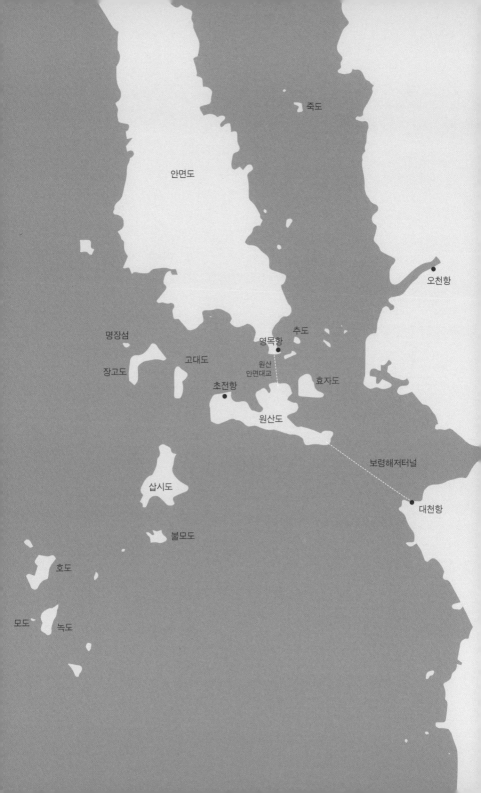

죽도

안면도

오천항

명장섬
추도
영목항
장고도
고대도
원산
안면대교
초전항
효자도
원산도

보령해저터널

삽시도

불모도

호도

대천항

모도
녹도

섬섬 피어나는 삶

**일러두기**

1. 본문에 실린 사진 일체의 저작권은 저자 백승휴에게 있으며, 인물 사진은 모두 당사자의 허락하에 사
   용되었습니다.

2. 충남 보령 지역의 입말체를 살리기 위해 종종 맞춤법에 어긋난 표기를 허용했습니다.

3. '테라피스트', '테라피'의 경우, 외래어표기법에 준하지 않은 대중이 널리 사용하는 표기임을 밝힙니다.

# 섬 　　　 섬

# 피 어 나 는

# 삶

포토테라피스트의
보령 섬 이야기

백승휴 지음

어른의시간

면삽지.
물이 들어오면 독립된 섬이 되고,
물이 빠지면 삽시도의 일부가 된다.

# 고향을 짓다, 섬을 짓다

촌놈이 청담동에서 스튜디오를 운영하며 16년을 살았다. 맞지 않는 옷을 입은 듯 어색함을 달고 살았다고 하면 적절한 비유일 것이다. 화려한 도시의 속도에 맞춰 살아가면서도, 마음 한구석에는 늘 어린 시절의 기억이 있었다. 객지 생활에서 힘겨울 때마다 희미하게 스며드는 고향의 향수는 나를 버티게 해주는 보이지 않는 힘이었다.

어느 순간부터 그 고향이 나를 강하게 끌어당기고 있음을 느끼기 시작했다. 부모님이 팔순을 바라보는 나이가 되자, 그 인력은 더 강해졌다.

"아빠!"

"여보!"

고향으로 가는 길, 아내와 딸이 다급하게 나를 불렀다. 손가락이 향한 곳에는 버려지다시피 한 방앗간이 서 있었다. 낡고 어두운 모습, 쓰레기 더미가 쌓인 풍경은 처음엔 눈살이 찌푸려질 정도로 형편없었다. 하지만 나의 머릿속에는 다른 장면이 떠올랐다. 명절이면 가래떡을 뽑던 소리, 방앗간 앞을 서성이던 어린 시절, 한 가락씩 떼어 주시던 마을 아주머니들의 따뜻한 손길. 그것은 단순한 공간이 아니었다. 고향의 기억이자, 나를 키워준 시간의 일부였다. 그렇게, 방앗간은 나의 품으로 들어왔다.

방앗간을 매입해 몇 년간 손본 끝에, 2024년에 그곳에서 부모님 팔순 기념 전통 혼례식을 올려드렸다. 뿐만 아니라 마을 전통 행사 일환으로 '달집태우기'도 2025년 기준으로 2회 진행했다. 그렇게 스러져가던 방앗이 '빽방앗간'이라는 새로운 이름으로 다시 살아났다.

이제 나는 해가 뜨면 걸어서 부모님이 계신 본가로 가 아침을 먹는다. 마치 꿈을 이룬 기분이다. 효자는 아니지만, 자식이 고향에서 함께 살아가는 것이야말로 부모님께 드릴 수 있는 가장 큰 선물이 아닐까. 한 가지 더, 마을만들기 사무국장을 맡아 꽃길을 가꾸고, 풍악 놀이패를 조직하며, 뒷산 둘렛길을 정비하고 있다. 길게 보고 진행하는 프로젝트 중 하나는 마을 데이케어 센터 건립이다. 이를 위해 주민들과 함께 움직이고 있는데, 쉬운 일이 아니기에 더 매력적이다. 누구나 할 수 있는 일이 아니라서, 내가 한다.

무엇보다 나에게 더없이 중요하고, 그래서 꾸준히 하고 있는 또 다른 일은 고향의 섬, 보령 섬들을 사진으로 기록하는 것이다. 섬은, 특히 보령 섬은 고향의 섬이라는 이유 말고도 그럴 만한 가치가 크다.

섬은 언제나 그 자리에 있지만 그렇다 하여 단순한 공간이 아니다. 사방에서 하루에도 몇 번씩 파도가 왔다 떠나고, 사람들도 오는가 싶으면 떠나기를 반복하는 가운데, 그 자리를 지킨다. 섬을 볼 때마다 어느 노승의 말이 떠오르는 건 아마도 이 때문일 것이다.

"세상이 어지럽다 함은 곧 네 마음이 혼돈이라는 뜻이다."

섬으로 간다는 것은 일정 시간 동안 갇히겠다는 뜻이다. 섬은 갇힌다는 것의 의미를 일깨워준다. 그것은 자신에게 집중하는 것, 내가 삶에서 무엇을 덜어내고 무엇을 채워야 할지 고민하게 하는 것이다. 마치 어린 시절, 골방에 숨어 있던 시간과 비슷하다. 골방에서 홀로 시간을 보내면 찾아오는 것은 외로움이 아니라 나와 대면하는 순간이었다. 섬도 마찬가지다. 육지로부터 단절되어 있기에 자각하고 집중하는 시간을 안겨준다. 마지막 배가 떠난 뒤에야 비로소 섬의 의미가 살아나는 것도 이 때문일 것이다.

내가 섬을 좋아하게 된 것은 단지 사진을 찍기 위해서였다. 하지만 점점 섬이라는 공간이 사진 그 이상을 의미한다는 것을 깨달았다. 코로나 팬데믹 동안 100곳이 넘는 한국의 섬들을 여행하며, 각 섬이 각기 다른 문화를 지닌 하나의 작은 국가처럼 존재한다는 걸 알았다. 섬마다 새로운 사람들과 만나고, 그 속에서 날것 그대로의 삶을 경험하며, 기록자로서뿐 아니라 체험자로서 섬의 이야기를 담아내기 시작했다.

내 고향 보령, 그리고 그곳의 섬들은 이 여정의 출발점이자 현재진행형이다. 보령 섬에서 사진 작가 이상의 나를 발견했다. 때로는 포토테라피를 연구하는 강연가로, 때로는 애견 사진 작가로, 때로는 힐링 센터 '빽방앗간'의 운영자로. 나를 부르는 별명은 많지만, 지금 내가 가장 주력하는 이야기는 '섬'이다.

'섬비엔날레'가 보령 섬을 중심으로 진행된다는 소식을 들었을 때, 그 섬들을 다시 찾아갔다. 장고도의 잔잔한 물결, 삽시도의 활기찬 어촌, 효자도의 고요한 밤하늘, 원산도의 넓은 갯벌, 고대도의 비밀 같은 풍경들은 나를 다시 사진과 그것에 담긴 이야기를 하도록 이끌었다.

중앙대학교 지식산업교육원에서 6년간 인물사진콘텐츠전문가 과정을 진행한 경험은 나를 콘텐츠 기획자로 성장시켰고, 이런 경험이 다시 고향에 새로운 마을을 만들고, 보령 섬을 더 깊이 이해해 세상에 전하고자 하는 프로젝트로 이어졌다.

이 여정을 가능하게 해준 두 사람에게 감사하지 않을 수 없다. 당시 내가 하는 일의 가치를 눈여겨봐주신 한상범 해양정책과장님께 깊은 감사를 드린다. 그의 통찰과 신뢰는 보령 섬 프로젝트가 시작될 수 있는 토대를 마련해주었다. 또한, 이런 제안을 흔쾌히 수락해주신 김동일 보령시장님께도 진심으로 감사를 표한다. 그의 지지와 관심이 없었다면, 이 여정은 결코 시작될 수 없었을 것이다.

이 책에 그 여정을 담았다. 섬만의, 특히 보령 섬만의 독특한 자연 환경을 만나고, 섬을 삶의 터전으로 삼는 이들을 만나 웃고 떠들며 지혜를 배우고, 결국 나 자신과 깊이 대면하면서 그 모든 순간에 셔터를 누르며 세상이 달라져도 변하지 않는 인간 삶의 기본 가치가 무엇인지 생각해보게 되었다. 이런 모든 과정에서 마치 내 삶이 섬섬히 새롭게 피어났다고 해도 과장이 아니다.

이제 나는 70이 되면 마을 이장 선거에 출마할 계획까지 세웠다. 어린 시절, 나를 품어주고 길러주었던 마을에 내가 빚을 갚을 차례다. 그 모든 과정에서 나는 보령 섬과 함께할 것이다. 그곳을 찾고, 그곳의 사람들을 만나고, 그곳을 기록할 것이다. 이처럼 자연과 함께 살아가는 일상의 재미는, 아마도 촌놈만이 아는 특별한 감흥일 것이다. 인간은 태어나 살아가다 결국 죽는다. 생명체가 순응해야 할 이 진리 속에서, 나는 죽는 날까지 고향에서 더 많은 웃음을 만들어가며 살고 싶다. 사진과 글을 통해 전하는 보령 섬 이야기가 독자들에게도 생생하게 전해지길 바라며 오늘도 셔터를 누른다.

고향 아리랑, 보령 아리랑!

# 차례

1부

섬이 들려주는
교향곡

# 정만이네
# 밥상

호도

대천항에서 여객선으로 50여 분쯤 가면 거대한
여우 한 마리와 만나게 된다. 여우를 닮아 '여슴'
이라고도 불리는 호도狐島다. 그 여슴에는 눈빛이 빛나고, 효심
이 남다르며, 누구보다 섬을 사랑하는 사람이 하나 있다.

나는 호도에 가면 꼭 그 사람을 가장 먼저 찾는다. 단 한 번도
다른 사람을 먼저 찾은 적이 없다. 바로 박정만 어촌계장이다.
그가 계장이어서가 아니다. 호도에서 가장 먼저 만난 사람이기
때문이다.

지금도 처음 호도에 갔던 날이 또렷하게 떠오른다.

"선착장에서 쭉 걸어오다 보면 첫 번째 집이 나올 거야. 그 집
앞에 순한 개 한 마리가 있을 텐데, 짖지도 않고 멍하니 바라보

고 있을 거야. 바로 그 집이지."

호도선착장에서 가장 먼저 마주하는 집, 정만이네.

내가 그 집에 방문했던 어느 날, 박정만 어촌계장은 바지락을 캐고 돌아온 어머니와 마주 앉아 점심을 나누고 있었다. 밥상 위엔 김치와 나물, 신선한 채소가 놓여 있고, 삼겹살 한 접시가 큰 자리를 차지하고 있어 눈에 띄었다. 어느 집에서나 볼 수 있을 법한 소박한 밥상이지만, 이들의 삶을 알고 나면 그렇지가 않다.

육지에서 흔하게 볼 수 있는 삼겹살이 섬에 오면 그 의미가 달라진다. 먼 섬일수록 삼겹살은 그야말로 '신성한 음식'이 된다. 꼭 보령 섬에서만 그런 건 아니다. 전라남도 하태도를 방문했을 때의 기억이 떠오른다. 일행 중 한 사람이 냉동 돼지고기를 가지고 섬에 들어가자, 섬사람들은 이를 값진 선물처럼 여겼다. 손님을 위해 그 귀한 회를 한 상 내어주더니, 정작 자신들은 삼겹살에 몰두하며 조용히 먹는 것 아닌가. 물고기가 흔한 섬에서는 생선이 일상적인 식재료인 반면, 육류는 그야말로 귀한 음식인 것이다.

박정만 계장은 귀한 삼겹살을 쌈에 싸 어머니에게 먼저 건네고 그다음에야 자기 것을 먹는다. 그의 손길에는 어머니를 향한 깊은 애정이 묻어난다.

호도에서는 그의 효심이 자자하다. 어릴 적 떠났던 고향으로 돌아와 어머니의 생애 마지막을 함께하기로 결심하고 계장직까

1부 섬이 들려주는 교향곡

지 맡게 된 사람이다. 저 사진을 찍고 몇 년 뒤 96세의 어머니가 세상을 떠났을 때, 그의 마음이 어땠을지 짐작이 가지 않는다. 눈시울을 붉히던 그의 얼굴이 아직도 선하다. 고인의 나이가 몇이든, 부모상에서 자식에게 호상이란 없다. 남는 것은 오직 이별의 아쉬움뿐이다.

효심만이 그를 인상적인 사람으로 기억하게 하는 건 아니다. 효자이기만 했다면 어쩌면 내가 만난 수많은 섬사람 중 하나로만 기억됐을지도 모른다.

그는 시쳇말로 '이빨이 센' 사람이다. 덕분에 한 번 만나면 쉽게 잊히지 않는 독특한 매력이 있다. 섬에 처음 오는 이는 누구나 그의 말솜씨에 압도당한다. 그에게 한번은 호도를 소개해달라고 말한 적이 있다. 놀랍게도 국민교육헌장을 줄줄 외우고, 시 한 구절 한 구절을 읊으며 분위기를 압도했다. 그의 이야기를 듣다 보면 어느새 빨려들어 고개를 끄덕이게 된다. 육지에서 때로 문자메시지로 안부를 물으면, 동영상으로 자신의 모습과 음성을 담아 회신해온다. 그런 그가 어떻게 인상적이지 않을 수 있을까.

이런 사람이 어머니 앞에서만큼은 그저 순진하기만 아들이 되었다. 어머니가 말씀하시면 귀를 가까이 대고 경청했다. 누구보다 말 많고 재치 넘치는 사람이 어머니 앞에서는 조용한 아들이었다.

호도를 떠나는 날, 그가 나와 일행에게 건넨 말이 여전히 내 마음 한편을 울린다.

"하루 더 있다 가유. 저기 섬 뒤쪽에 좋은 데 있슈, 예?"

마치 호도에 굉장한 보물이 숨겨져 있다는 듯한 표정으로 섬의 풍경을 소개하던 그의 모습이 선연히 떠오른다. 일정 때문에 그가 눈빛을 빛내며 소개해준 섬 뒤편의 멋진 풍경 속으로 가지 못한 게 두고두고 아쉬웠다.

호도를 생각할 때, 소박하면서 귀한 마음을 담아 차린 정만이네 밥상이 가장 먼저 떠오르는 이유는, 큰 결심으로 떠났을 섬에 돌아와 어머니를 모시는 사람의 마음이 차려져 있었기 때문이

며, 그렇게 사랑하는 이를 떠나보낸 뒤 세월을 매일같이 흘려보
내면서도 자신의 고향 호도에 대한 자부심과 애정이 가득한 정
만이가 있기 때문이다.

　오늘도 바람을 읽고, 파도의 흐름을 파악하며 섬에서의 일상
을 보내고 있을 박정만 계장의 모습이 마치 한 장의 사진처럼,
한 폭의 그림처럼, 영화의 한 장면처럼 머릿속에 펼쳐진다.

# 한 사람이
# 달리는 해변

원산도

노을빛이 부드럽게 물든 해변 위, 한 사람이 바다를 향해 달린다. 그의 발아래로 이어진 얇은 물길은 하얀 포말을 남기며 그 움직임을 보여준다.

이곳은 원산도의 오봉산해수욕장이다. 다섯 개의 봉우리로 이루어진 산 아래 펼쳐진 이 해변은 드넓고 고요하다. 해가 지는 순간, 자연은 자신의 조각을 완성해가는 듯한 장면을 연출한다. 충남에서 안면도 다음으로 큰 섬인 원산도다운 풍광이다.

그를 멀리서 바라보는 나는 어느새 그와 함께 달리는 듯한 기분에 빠져든다. 그러면서 궁금하다. 어떤 이유로 달리고 있을까? 섬 여행을 왔다가 단순히 운동을 하는 것일까? 육지에서 있었던 일을 털어버리고 싶어서 자연 속에 자신의 몸을 던져놓은 것일까? 어떤 이유가 되었든 그가 맨발로 모래의 감촉을 느끼고, 바닷바람을 온몸으로 맞으며 달리고 있는 모습 그 자체가 내게 큰 인상을 주었다.

사람들은 종종 바다를 무언가를 찾는 공간으로 여긴다. 낚시를 하거나 조개를 캐고, 때로는 사진을 찍으며 순간을 기록한다. 하지만 이 사람은 달리고 있다. 그저 바다와 석양 속에 녹아들고 있다.

노을빛이 비치는 바다와 그의 움직임 사이에는 어떤 경계도 없다. 해변을 달리는 그의 실루엣은 자유로움을 상징하고, 그 앞에 펼쳐진 바다는 마치 그를 품어주는 듯하다. 바다와 땅, 하늘과 사람이 이렇게 하나로 이어지는 순간은 흔치 않다.

저 멀리 보이는 원산안면대교는 원산도가 섬으로서 고립돼 있으면서도 안면도와 연결됨으로써 다른 곳과도 닿아 있음을 말해준다. 충분히 세상으로부터 떨어져 나와 자신의 내면에 집중하면서도, 자신이 원할 때면 언제든 선착장을 이용하지 않고도 세상으로 돌아갈 수 있다. 고립은 세상이 있기에 의미가 있고, 세상은 고립이 있기에 돌아갈 가치가 있지 않은가. 이런 원산도를 배경으로 해변을 달리는 사람과 이를 멀리에서 지켜보는 나 그리고 해변, 이 세 존재가 하나가 되는 축복의 순간을 맞을 수 있어서 벅찼다.

# 소통의 미학
# "괜찮아유"

녹도

"괜찮아유!"

이 말은 사람들이 충청도 유머 하면 가장 먼저 떠올릴 만큼 대단한 언어 유희적인 표현이다. 녹도 해변에서 사진을 찍는 순간, 한 여성이 마치 사슴 한 마리처럼 사뿐하게 프레임 속으로 손을 흔들며 들어온다. 그러면서 하는 말.

"괜찮아유."

반갑다는 뜻일까? 사진을 찍지 말라는 뜻일까? 미묘한 뉘앙스와 여러 갈래로 해석되는 제스처는 한순간에 외국어가 돼 해석을 필요로 하게 된다. 만약 이와 비슷한 경험이 있다면 충청도 화법의 전형을 만난 것이다.

얼핏 들으면 그 의미가 불분명하고, 자세히 생각해보아도 누군가에게는 모호하게만 느껴지기도 하지만, 사실 그 안에는 배려와 여유가 스며 있다. 아주머니의 "괜찮아유"라는 한마디는 마치 대화의 연결고리 같아서 맥락과 억양에 따라 세 가지로 해석이 된다.

"잘 지내요."

"안 찍어줘도 돼요."

"찍지 말라니까요!"

이러니, 맥락을 파악하는 고도의 이해력이 필요할 수밖에 없다.

이와 유사한 사례로 "알았슈"라는 표현도 있다. 점심 초대를 받고 "알았슈"라고 대답한 마을 주민이 약속된 시간에 오지 않을 때, 초대한 사람은 당황한다. 초대한 이는 '온다'는 뜻으로 받아들였지만, 상대방은 단순히 초대를 인지했다는 의미로 말했을 뿐이다. 충남 보령에서 태어났으나 많은 곳에서 살아온 나는 이제 전화를 하거나 메시지를 통해 다시 한번 여부를 확인한다.

충청도 사람들은 어쩌다 이런 화법을 구사하게 됐을까? 왜 굳이 은유적이고 모호한 표현을 일상적으로 쓰게 됐을까? 밖에서는 헷갈리는 미묘한 표현도 그 안에서는 자연스럽게 주고받으며 그 의미를 정확하게 전달하게 되지만, 외지인에게는 혼란과 오해를 불러일으킨다. 많은 학자가 이런 충청도인의 화법을 지정학적, 역사적 이유에서 찾는다.

백제와 신라 사이에 위치한 탓에 전쟁이 잦았던 시대에 충청도인은 어느 한편에 서기 어려운 위치에 있었다. 의도적으로 애매모호한 표현을 써 신중한 소통 방식을 구사하게 된 것이다. "괜찮아유"와 "알았슈" 같은, 이렇게도 저렇게도 해석되는 모호한 표현은 나와 내 가족과 이웃을 지키려는 생존 방식이 반영된 지혜가 담긴 언어였던 셈이다.

물론 이런 표현 방식은 소통의 장벽이 되기도 한다. 귀촌인들이 충청도 특유의 화법에 익숙하지 않아 당황스러워하는 경우가 많다. 이렇게도 저렇게도 해석되고, 말의 맥락과 억양과 상황을 깊이 읽어야만 이해할 수 있는 충청도인의 화법은 빠르고도 정확한 것이 미덕인 현대 사회에서 긍정적으로 평가받기 힘들 수도 있다.

하지만 이런 해석의 여지를 두는 화법이 때로는 상대를 존중하고 여지를 남겨두려는 배려와 여유에서 비롯되기도 한다는 점에 사람들이 좀 주목해주었으면 하는 바람이 있다. 무 자르듯 가부를 당장 결정하는 것이 아니고, 당신의 말이 무조건 옳다 틀리다 섣불리 판단하지 않음으로써 상대를 존중하는 것이기도 하다.

또한 말이란 오묘해서 아무리 정확하게 표현하려 해도 언제나 그럴 수는 없는 노릇이다. 그렇기에 문해력 문제가 최근에 대두되는 것 아니겠는가. 맥락을 파악하고, 모호한 표현에서 의도를 추론하며, 최종적으로 명확하게 소통하는 기술을 익힌다면 어디서 누구를 만나도 당황하지 않고 대화를 이어갈 수 있다. "괜찮아유" 이 말속에 담긴 여유와 배려를 깨닫는 순간, 소통의 달인이 될 수도 있는 것이다.

그런 의미에서 내 카메라 프레임에 들어왔던 아주머니의 "괜찮아유"는 어떤 뜻이었을까? 섬의 모습이 사슴과 닮아 녹도라는 이름을 지닌 이곳에서 마치 사슴 한 마리처럼 내 프레임 속에 들어왔던 그분의 그 말과 손짓을 나는 반갑다는 말로 이해해 셔터를 눌렀다. 이 사진과 글이 알맞은 소통의 결과이길 바라본다. 기회가 된다면 이 책으로 이런 대화를 나눠보고도 싶다.

"워때유? 괜찮아유?"

"괜찮아유."

전 이장의 부인이자 발전소 직원의 어머니.
섬 해변에서 사진을 찍고 있는 순간,
그녀가 프레임 속으로 들어오면서 "괜찮아유" 한다.
의도적으로 카메라를 들이댄 것이 아니었는데,
"괜찮아유"하며 포즈 같은 것을 취한다.
찍히고 싶다는 말씀이실까?
그렇다면 감사한 마음으로 찍고 싶었다.

# 숨비소리와
# 소주한잔

장고도

장고도의 봄날, 해삼을 가득 실은 배가 잔잔한 물결을 가르며 항구로 향하고 있었다. 배 안에는 해녀들이 바다에서 건져 올린 해삼이 가득 담겨 있었고, 일행은 바다를 바라보며 여유를 만끽하고 있었다. 그 순간, 해삼 몇 점이 작은 그릇에 담기고, 소주병이 열리면서 배 위의 분위기는 흥이 올랐다.

일행 중 한 사람이 해삼을 입에 넣고 소주를 한 모금 삼키더니 "캬!" 하는 소리를 내뱉었다. 그 소리는 묘하게도 해녀들의 숨비소리를 연상시켰다. 숨비소리란 해녀가 물속에서 긴 작업을 마치고 물 위로 올라오며 내뱉는 깊은 숨을 가리킨다. 바닷속에서 숨을 참느라 애썼던 고통, 무사히 숨을 쉬게 됨으로써 느끼는 쾌감과 안도, 다시 깊은 물속으로 들어가야 하는 고단함이 묻어나 있다. 마치 인간 삶의 순환 같기도 하다. 소주를 입에 털어 넣으며 내는 "캬!" 소리도 그렇다. 힘든 하루를 보냈던 고통, 그래도 무사히 보내고 있다는 안도, 내일 다시 시작해야 하는 노동의 고됨이 "캬!" 소리에 담겨 있다고 해야 할까. 숨비소리든, 캬 소리든 그 순간만큼은 삶의 무게를 내려놓으며 작은 해방을 느끼고, 그 해방감에서 오는 쾌감을 압축하고 있는 듯하다.

그때, 나는 카메라를 들었다. 물 위로 떠오르는 해녀, 그녀의 뒷모습을 향해 셔터를 눌렀다. 물방울이 흩어지는 순간, 그녀의 숨소리가 들리는 듯했다. 바다와 맞닿아 살아가는 존재, 그녀의 모습은 그 자체로 살아 있는 기록이었다. 내가 사진으로 남기는 그 어떤 기록보다 숭고했으나, 그럼에도 나는 그 풍경을 렌즈에 담을 수밖에 없었다.

그날 가장 힘들었던 건, 내가 금식 중이었다는 것이다. 병원에서 고지혈증과 혈압이 높다는 진단을 받았고, 지인의 소개로 금식원에서 챙겨준 차를 마시며 한 달간의 금식을 계획했다. 눈앞에 숨비소리와 함께 해녀들이 채취해 온 해산물로 진수성찬이 펼쳐졌지만, 나와는 상관이 없어야 했다. 평소 식욕이 왕성한 사람으로서 큰 인내가 필요한 시간이었으나 나와의 약속을 깨뜨리고 싶지 않았다. 신기하게도, 예상보다는 어렵지 않았다. 오히려 단식을 하면서 다른 감각들이 깨어났다. 특히 미각과 후각

대천항에서 서북쪽으로 21킬로미터 떨어져 있는,
장구를 닮아 '장곰'이라 불린 장고도의 봄날.
수산물이 풍부한 장고도답게 해녀들의 숨비소리가 끊이지 않는다.

이 예민해져 먹지 않고도 음식의 맛을 상상하고 느낄 수 있었다.

그 순간, 일행 중 한 명이 해삼을 집어 들고 나를 바라보았다. '이 맛을 너는 절대 모를걸' 하는 미소가 얼굴에 스쳐 지나갔다. 나는 눈빛으로 그를 꾸짖었다. 어허, 나는 먹지 않아도 온 감각으로 그 맛을 느끼고 있거든! 해삼의 짠맛, 소주의 쓴맛 그리고 바다의 신선함이 배 위에서 하나로 어우러져 내 감각들을 일깨웠다.

숨비소리와 "캬!"라는 소리는 마치 바다 위에서만 들을 수 있는 특별한 교향곡처럼 울려 퍼졌다. 해녀의 깊은 숨결 속에는 바다와 함께 살아가는 삶의 무게와 자유가 녹아 있었고, 일행이 내뱉는 "캬!"라는 소리에는 그 삶이 만들어낸 기쁨과 풍요가 담겨 있었다.

나는 먹지 않았지만, 결코 비워지지 않았다. 오히려 그 어느 때보다 충만했다. 해삼을 음미하는 이들의 표정, 바닷바람에 실려 오는 짠 냄새, 그리고 해녀의 깊은 숨소리가 내 안에 가득 찼다. 단식 중이었기에 오히려 더 깊이 들여다보고, 더 섬세하게 듣고, 더 강렬하게 기억하게 됐다. 그날, 장고도의 바다는 나에게 그렇게 선명한 경험을 선물했다. 먹지 않고도 온전히 채워지는, 그 충만한 순간을.

# 섬사람은
# 바다를 바라보지 않는다

호도 · 효자도 · 장고도

뒷모습을 주제로 한 창작물이 많다. 20세기 최고의 예술가이자 뛰어난 스토리텔러로 유명한 화가 에드워드 호퍼도 뒷모습을 통해 인물의 고독을 묘사하여 깊은 감정을 불러일으킨다. 얼굴 묘사로는 결코 담을 없는 깊이다. 어떤 사진집은 '뒷모습'으로만 채워지기도 한다. 그만큼 사람의 뒷모습이 불러일으키는 감흥은 남다르다.

그럴 수밖에 없다. 사람은 흔히 얼굴을 보며 상대의 표정을 읽고, 그의 감정을 추측하지만 쉬운 일이 아니다. 얼굴엔 불가피하게 사회적 가면이 씌워질 수밖에 없다. 보여주고 싶기나 보여야 할 모습을 갖추기 위한 어쩔 수 없는 과정이기도 하다.

뒷모습은 다르다. 뒷모습엔 좀처럼 가면을 씌우기가 어렵다.

마주 보며 대화할 때 어느 정도 방어적이었던 마음 자세는 뒷모습으로 가는 순간 사라져 있다. 어쩌면 사람은 앞모습보다 뒷모습이 더욱 진실한지도 모른다, 자신도 모르게.

섬에서 만나는 사람의 뒷모습도 그렇다. 아니, 특별히 더욱 그렇다. 그가 바다를 보고 있다면, 다른 배경의 뒷모습보다 실로 말로 다 표현되지 않은 많은 이야기를 품고 있을 가능성이 높다.

첫 번째 사진은 호도에서 찍게 되었다. 우두커니 서서 바다를 바라보는 저 남자의 뒷모습에는 척 보아도 많은 사연이 있는 듯하다. 어깨의 미세한 처짐, 몸 전체의 미묘한 기울어짐 등에서 그의 내면이 자연스럽게 전달되고 있었다. 그 모습에는 고독함이, 갖은 풍파를 겪고 성취와 상실을 모두 경험한 데에서 오는 세월의 무게가 담겨 있다. 흡사 카스파르 다비트 프리드리히의 작품 〈안개 바다 위의 방랑자〉 속 인물 같기도 하다. 자연과 인간의 관계, 인간이 느끼는 경이로움과 고독이 표현된 이 작품 속 인물의 뒷모습이 꼭 남자와 닮아 있다. 그의 고독은 단순한 외로움이 아니라, 삶을 관조하며 자기 성찰을 깊이 하는 데서 오는 묵직한 고독인 것이다.

아마도 나와 같은 중년 남성이기에 더욱 그렇게 느껴졌을지도 모를 저 남자는, 그런 면에서 섬사람은 아니다. 섬사람들은 그렇게 우두커니 바다를 바라보지 않는다. 그들에게 바다는 익숙한 일상이며, 잠시 스쳐도 충분히 그 존재를 느낄 수 있는 대상이다. 섬사람들에게 고독은 일상의 일부인 만큼, 바다를 특별히 바라보거나 생각에 잠기지 않는다. 이 남자가 느끼는 고독은 섬사람이 느끼는 것과는 다른 종류의 것이다.

고독과 외로움도 차이가 있다. 고독은 자신이 스스로 선택하고 품을 수 있는 감정이며, 오히려 그것을 통해 당당해질 수 있다. 반면 외로움은 홀로됨을 인식하면서도 피동적으로 느끼는 감정이다. 섬이라는 고립된 공간에서 고독은 자신과 대면하게 하는 감정이며, 주체적이고 자발적인 자기 성찰의 순간을 만들어준다.

그의 친구 혹은 형제라고 해도 어색하지 않을 뒷모습의 사진을 또 하나 꼽자면 효자도에서 흰 우비를 입고 바다를 바라보고 있던 남자다. 그는 바람이 잔잔하게 불고, 하늘이 흐려지는 가운데 바다를 더 오래 바라보았다. 그의 시선은 멀리 수평선을 따라 움직이고 있었으나, 마음은 바다 한가운데에 있는 듯했다. 앞의 사진 속 남자와 이 남자의 차이점이 있다면 동지가 있느냐 여부다.

흰 우비를 입은 남자와 파란 우비를 입은 남자는 어느 정도 간격을 유지한 채 말이 없지만, 같은 생각을 품고 있으리라 짐작하게 한다. 그 남자의 마음속에는 낚시라는 행위를 뛰어넘는 바다와의 교감이 자리하고 있다. 파도가 속삭이는 듯한 소리와 비가 살짝 내릴 듯한 하늘. 이 모든 순간은 그저 물고기를 잡기 위한 준비가 아니라, 자신만의 시간을 보내는 의식과 같다.

효자도는 그런 이들에게 특별한 섬이다. 육지와 가까운 듯하지만, 섬이라는 공간이 주는 고립감도 줌으로써 독특한 매력을 발산한다. 그 남자는 그런 효자도의 분위기를 온몸으로 느끼고 있다.

그가 낚싯배를 기다리며 바다와 대화를 나누는 시간, 낚시는 그 대화의 수단이 된다. 기다림 자체, 바다와의 대화, 불어오는 바람에서 그는 위안과 쉼을 얻는다.

두 사람의 삶은 높은 확률로 섬 밖에서는 다를 것이다. 하는 일도, 가족의 형태도, 사회에서 맺는 관계의 양상도 같지 않을 것이다. 그럼에도 섬에 들어온 순간 내가 삶에서 놓치고 있는 것은 무엇인지 생각하게 된다는 점에서 하나가 된다. 누구의 삶인들 다르지 않다. 흰 우비를 입은 남자와 파란 우비를 입은 남자의 모습이 닮아 있듯이 말이다. 이들의 뒷모습과 함께 우리도 놓치고 있는 것이 무엇인지 조용히 생각해보게 된다.

또 다른 뒷모습을 장고도에서 만났다. 이번엔 뒷모습을 보인 남자 바로 옆에 동행하는 이가 있었다. 사진 속 두 사람은 노인과 초로의 남자다. 친구 사이다. 그들이 해변의 낡은 벤치에 나란히 앉아 있는 모습이 자주 눈에 띈다. 말을 주고받는 듯 보이지만, 실제로는 거의 아무 말도 하지 않는다. 그저 함께 바다를 바라볼 뿐, 침묵의 연속이다. 그들의 대화 방식이다. 두 사람은

시간에 따라 일상을 살아가지도 않는다. 해가 뜨건, 지건 상관없이 자주 그 자리에 그 모습으로 있는다.

그들 사이엔 친구가 하나 더 있다. 빛이다. 빛은 창조주처럼 우리에게 다양한 세상을 보여준다. 석양이 비칠 때는 역광이 되어 그들을 그림자 속에 감추고, 아침 빛은 측광으로 다른 모습을 만든다. 같은 장소, 같은 사람들이지만 빛이 그려내는 세상은 완전히 다르다. 그들이 앉는 자리는 같지만, 빛은 매 순간 다른 이야기와 다양한 감정을 만들어낸다.

빛도 그들과 같은 침묵의 친구다. 빛은 말없이 시시각각 다른 장면을 만들어내어 그들의 시간을 권태롭지 않게 한다. 주고받는 말이 없어도 그들이 지루해하지 않은 이유다. 빛 친구는 섬의 고독을 달래줄 뿐만 아니라 매 순간 새로운 세상을 보여주며, 그들의 외로움을 다른 차원으로 끌어들인다.

섬에서 만난 이들의 뒷모습은 섬이라는 존재가 그러하듯 하나같이 고독함과 외로움을 바탕으로 많은 사연을 품고 있는 듯했다. 할 수만 있다면 그들에게 다가가 사연을 묻고 싶은 순간도 있었다. 그러나 그들은 바다, 햇빛, 바람과 함께였고, 뒤와 옆에 있는 친구와 함께였기에 그럴 수 없었다. 나 역시 이런 마음으로 그들을 찍고 있었기에 이미 함께하고 있는 것과 같았다.

그들에게 섬은 어떤 기억으로 남았고, 어떤 존재일까? 자신들의 뒷모습을 보며 사진에 담고, 함께 상념에 젖은 내가 있었다는 걸 그들이 알 리 없겠지만, 이 지면을 통해서라도 전해보고 싶다. 그날, 나도 당신들에게 공감하며 바다와 빛과 바람과 함께 했었노라고.

# 섬으로 맺은 인연

고대도

보령의 다양한 섬을 사진으로 기록하는 일이 삶의 일부가 되기는 했으나, 여전히 전혀 상상에도 없던 장면과 마주하면 놀라면서 감사한 마음으로 셔터를 누르게 된다.

고대도에 갔을 때의 일이다. 예로부터 집터가 많아 '고뎜'이라고도 불리던 이 섬은 삽시도에서 4.5킬로미터 지점에 있다. 옛날에는 외연도 밖으로 나가 홍어잡이를 주로 했고, 식수가 좋아서 주변 섬들의 중심지 역할을 한 곳이며, 청정 해역이어서 섬 어디에서나 손쉽게 조개나 굴을 채취할 수 있는 매력적인 곳이다.

이 섬의 큰 특징 중 하나는 소나무숲이 울창하다는 것이다. 나는 그날 고대도 꼭대기에 자리한 한 집을 그 숲에서 만났다.

뒤로는 장고도가 보이고, 붉은 지붕 위로 석양이 내려앉은 풍경에 압도당하지 않을 수가 없었다. 바로 셔터를 눌렀다.

풍경이 아름다워 사진에 담는 것, 이것은 포토그래퍼인 나뿐 아니라 스마트폰을 사용하는 현대인에게 아주 자연스러운 순간이겠지만, 이날 찍은 사진은 뜻밖의 인연과 여정을 만들어냈다. 이장님께 사진을 보내드렸더니, 곧장 모르는 번호로 전화가 온 것이다. 그 집의 주인이었다.

"누구신데 우리 집을 찍으셨대요?"

반가움과 호기심이 섞인 음성을 듣고 나 역시 반가움과 호기심을 느끼며 좋은 인사를 나누고 전화를 끊었다. 그렇게 짧은 대화로 인연이 다하는 줄 알았다.

그러고 며칠 뒤, 해양문화체험관을 둘러보던 중 낯 모르는 이가 내게 다가와 말을 걸었다.

"그 집 사진 찍으신 분이시쥬?"

그는 사진 속 집의 주인이었다. 마치 자신을 찍어준 것처럼 반가운 얼굴로 내게 인사를 건넸다. 누군가 자신의 터전을 담아주었다는 사실만으로 그는 깊은 애정을 표했다. 그 순간 사진이라는 것이 단순한 풍경 기록을 넘어선다는 사실을 다시금 깨달았다.

주인의 이야기를 들어보니, 놀랍게도 그 집은 예전엔 절이었는데 지금은 자손이 내려와 살고 있다고 한다. 일반 주택으로만 보였던지라 놀랐으나, 마을과 조금 떨어져 있는 위치를 생각하면 그럴 법도 했고, 그렇기에 고요함과 외로움이 느껴지는 공간이었다. 그가 그 사진과, 그 사진을 찍은 나를 더욱 반겼던 이유도 그 때문 아니었을까.

만약 내가 그 사진을 인화해 액자에 담아 다시 그 집을 찾아간다면, 그는 어떤 표정을 지을까? 아마도 환한 미소로 맞이하며, 자신의 공간이 누군가의 시선 속에서 아름답게 남겨졌다는 사실에 더욱 기뻐할 것이다.

1부 섬이 들려주는 교향곡

사진 하나가 이런 인연을 낳은 걸 보면, 사진은 단순한 창작 활동이 아니다. 그것은 세상과 세상, 그 속에서 사는 사람과 사람을 연결하는 다리이자, 오랜 세월이 흐른 뒤에도 어떤 이야기들을 불러오는 버튼이 된다.

사진을 통해 뜻하지 않은 인연의 힘을 새롭게 깨닫고, 이 인연의 힘으로 계속해서 더 다양한 풍경과 사람을 사진에 담을 힘을 얻게 된다. 고대도가 나에게 특별한 섬으로 기억되는 여러 이유 중 하나도 바로 이 사진과, 사진으로 맺은 인연 덕분이다.

# 아이들이 행복하고
# 특별해지는 섬

장고도

청룡초등학교 장고분교 학생들이 텃밭으로 현
장학습을 나왔다. 선생님과 아이들의 웃음소리
가 끊이지 않는다. 교과서로만 이루어지는 교육을 넘어 자연 속
에서 함께 시간을 보내며 생생한 학습을 체험시키려는 선생님
의 진심이 느껴지는 장면이었다.

오이를 따며 아이들은 선생님에게 끊임없이 묻는다.

"선생님, 오이가 왜 푸러유?"

"껍질이 초록색인 이유는 햇빛을 많이 받아 광합성을 하기 때
문이란다."

"근디, 왜 오이는 꼭 삐쭉삐쭉혀유?"

"오이가 그런 건 자연에서 곤충들이 쉽게 붙어 있지 못하도록

도와주는 역할을 해. 우리 손으로 만질 때 미끄럽지 않은 것도 그런 이유야."

"그리고 오이는 꽃 펴유?"

"그럼, 오이도 노란색 꽃이 피지. 꽃이 시들면 그 자리에 오이가 열리는 거야. 그걸 우리가 이렇게 따서 먹는 거고."

"그 꽃을 먹어도 돼유?"

"꽃도 먹을 수 있어. 사실, 오이꽃은 장식용으로도 쓰이고, 몸에 좋은 성분도 많이 들어 있단다."

아이들의 물음은 끝이 없고, 선생님은 아이들의 어떤 질문에도 진지하다. 하나하나 자세히 답하며 웃음을 띤다. 아이들이 식물과 자연을 깊이 이해하도록 돕는다.

선생님 말씀을 들어보니, 체험 학습은 언제나 예정된 시간을 훌쩍 넘어선다고 한다. 작은 학교의 장점이라면 이런 것 아닐까. 소외되는 아이 없이 한 명 한 명 모두 소중한 경험을 할 수 있고, 소통할 수 있다. 전교생이 열 명 미만인 환경에서 교사가 학생들에게 진심을 다할 수밖에 없지 않겠는가.

섬에서 자라는 아이들은 자연 속에서 뛰어놀며 책에서 배운 기후와 풍토를 직접 체험한다. 바람이 강해 배가 뜨지 못하는 날에는 상황을 받아들인다. 이러한 경험은 단순히 지식을 쌓는 데 그치지 않고 하나의 대상을 깊이 이해하고 탐구하는 능력을 길러준다.

자연과 더불어 성장하고, 선생님과 깊은 유대를 나누며 학습하는 경험은 아무나 쉬이 할 수 있는 게 아니다. 그 중심에는 아이들에게 행복을 나누고자 하는 선생님의 헌신이 있다. 이런 노력이 있기에 섬 초등학교 아이들의 웃음소리가 더욱 커질 수 있다.

내가 저 사진을 찍을 때만 해도 아이들이 여섯은 되었으나, 2025년 기준으로 이 학교 학생은 두 명뿐이다. 언젠가 이 분교도 문을 닫을 날이 온다고 생각하면, 이날 만났던 아이들과 선생님이 떠올라 큰 아쉬움을 느낀다. 소수의 아이들이라도 한 명 한 명 더 늘어 귀한 행복과 웃음이 넘치는 시절을 보내주었으면 하는 바람을 품어본다.

# 수다쟁이
# 아낙

월도 · 장고도

마을을 어슬렁거리며 카메라를 들고 대문 안쪽을 기웃거린다. 낯선 방문자를 보고도 집주인은 반갑게 손짓하며 들어오라 한다. 이런저런 이야기를 나누며 친근함이 싹틀 무렵, 주인은 병 음료의 뚜껑을 열어주며 본격적으로 이야기보따리를 풀어놓는다. 천재 손주 자랑부터 젊은 시절의 영광까지, 끝없는 수다가 이어진다. 이야기는 시간과 공간을 넘나들며 다양한 소재로 채워지고, 어느새 방문자는 풀린 눈을 부여잡고 집을 나선다. 그렇게 남겨진 기억은 결국 '수다'라는 단어로 함축된다.

수다는 보통 장황하고 대화의 본래 의미가 흐려지기 마련이라고만 생각되기 쉽다. 하지만 나는 그 수다의 의미와 가치를 다

르게 생각해 은유적으로 사진 작업을 해보았다. 하나는 월도에 사는 아낙의 하루이고, 다른 하나는 장고도 바다의 풍경이다. 그날이 그날인 듯한 아낙의 하루하루를 한데 모으면 더 이상 단조로워 보이지 않으며, 늘 한산한 풍경만 보여주는 듯한 장고도의 바다도 각기 다른 시간의 모습을 모아놓으면 풍성해진다.

  섬에서 만난 수다쟁이 아낙의 이야기는 마치 한없이 흘러가는 바람처럼 들리지만, 그 속에는 오래도록 억눌려 있던 말들이 포함돼 있다. 콩나무 시루에 물을 부으면 보람도 없이 전부 쏟아져 내리는 듯하지만 그 과정에서 콩나물이 자라듯, 수다는 단순한 잡담이 아니라 마음을 풀어내는 과정이다. 겉으로 보기엔 의미 없는 말들의 나열일지라도, 그 안에는 서로를 이해하고 공감하는 상생의 의미가 담겨 있다. 마치 어느새 자라 있는 콩나물처럼 방문자는 수다라는 물을 먹고 단순히 시간을 허비하는 것이 아니라, 섬 사람들의 삶을 배우고 그들과 소통하며 섬을 더 깊이 이해하게 된다.

섬의 단조로운 일상에서 사람들은 서로에게 위로가 된다. 각자의 하루는 반복되지만, 함께 모여 수다를 나누는 순간, 그 단조로운 일상은 다채로운 풍경으로 변한다. 이는 사진 작업에서도 발견되는 현상이다. 각각의 독립적인 이미지는 선명하지만, 그것들이 겹쳐지면 흐릿해지면서도 새로운 의미를 만들어낸다. 섬사람들의 단조로운 하루도 하나하나 모아두면 다채로운 풍경이 되듯, 사진 속 겹쳐진 장면들은 모호한 인상을 남기면서도 깊은 여운을 준다. 흐릿한 사진 속에서 우리는 각자의 해석과 감정을 투영하며 의미를 찾아간다.

수다란 섬사람들이 자신의 아픔과 고독을 풀어내는 방식이기도 하다. 방문자는 그 이야기를 듣고 공감하며 서로에게 기댈 수 있는 존재가 된다. 섬 생활의 단조로움과 인간의 절대적인 고독감이 소통을 통해 잠시나마 해소된다. 결국, 수다는 그저 흘러가기만 하는 대화가 아니다. 그것은 서로의 존재를 인정하고 배려하며, 상생의 의미를 찾아가는 과정이다. 섬에서 흩어진 말들이 수다라는 방식으로 모여 하나의 이야기가 되듯, 우리의 삶 또한 그 이야기 속에서 서로를 비추고 있다.

# 사람과 자연이
# 빛어낸 풍광

효자도 · 고대도

섬을 보고 있으면 반반 메뉴가 떠오를 때가 있다. 효자도와 고대도가 특히 그렇다. 양념 반 프라이드 반, 짜장면 반 짬뽕 반 메뉴처럼 말이다.

효자도의 풍경을 보면 섬이라기엔 육지 같고, 육지라기엔 섬 같다. 아담한 논과 소나무 숲을 보면 육지 같은데, 분명 사방은 바다와 결하고 있어서 고유한 섬 맛은 그대로 유지하고 있다.

서쪽과 남쪽으로 원산도를 마주 보고 있으며 대천항에서 8.7킬로미터 떨어져 있고, 여객선으로 저두선착장을 거쳐서 25분 정도 달리면 도착하는 이 섬은 이름에서 쉬이 짐작할 수 있듯이, 예부터 효자가 많이 나와 효자도라는 이름이 붙었다고 한다.

효자도에 발을 들이면 가장 먼저 반기는 것은 한적함이다. 한적하다고 해서 볼 게 없다는 뜻은 아니다. 선착장에서 숙소로 향하는 길에는 논과 시골길이 보석처럼 숨겨져 있다. 소나무 숲길은 또 얼마나 아름다운지. 그 소나무 숲이 둘러싸고 길게 드리운 그림자가 논을 감싸며 아침 햇살에 빛난다. 드론으로 담아본 이 풍경은 소박하지만 정갈하다. 전봇대가 길 따라 나란히 선 모습은 참으로 정겹고, 바닷일이 주업인 섬에서도 농사일을 놓지 않는 효자도 사람들의 부지런함을 떠올리게 한다.

이 논은 흔히 볼 수 있는 시골 풍경과는 다르다. 잘 정돈된 논

　　　　　　　　　　　1부 섬이 들려주는 교향곡

바닥은 마치 여러 조각의 헝겊을 대어서 만든 조각보 같아서 사람 하나 없는 풍경에서도 사람의 향기를 가득 피어 올린다. 효자도의 이름처럼 마치 어머니의 사랑 같기도, 자녀의 진한 효심 같기도 하다.

드론의 시선에서 섬을 바라보면 또 다른 맛이 있다. 섬 너머의 풍경이 살짝 엿보이며 다도해를 떠올리게 하는 그 풍광은, 열린 창으로 들어오는 바람에 커튼이 휘날리고, 들추인 커튼 사이로 펼쳐지는 푸르른 바다의 모습을 떠올리게 한다. 이런 높이에서 섬을 바라보면, 자연의 힘과 사람의 이야기가 한데 어우러져 한적함은 더 이상 한적함으로만 끝나지 않게 된다.

짜장면을 먹으면 짬뽕이 생각나 아쉬워하게 되고, 프라이드치킨만 먹으면 양념치킨이 먹고 싶어지는 사람들의 다양한 입맛을 만족시키기 위해 반반 메뉴가 출현했듯이, 섬에 가면 육지가 그립고 육지에만 있으면 섬의 풍광을 그리워할 법한 사람들의 마음을 잘 담아낸 섬이 바로 이 효자도 아닌가 싶다. 여행자에게도, 그곳에 사는 주민에게도 부족함이나 아쉬움이 없이 사람과 자연의 조화가 완벽한 곳, 효자도는 내게 그런 섬이다.

고대도는 또 다른 의미에서의 반반 풍경이다.

이 섬에는 둘렛길이 있다. 대천항에서 여객선으로 한 시간 20분 걸리는 고대도는 태안해안국립공원의 여러 섬 가운데 울창한 소나무 숲과 기암괴석이 눈에 띄는 섬이다. 또한 금사홍송

으로 둘러싸인 당산해수욕장, 남쪽 끝 자갈해수욕장 등이 있어 가족 단위 피서지로 유명하다. 이곳의 둘렛길은 단지 바다를 둘러싸고 이어진 길만은 아니다. 산으로 이어진 길은 나뭇가지 사이로 바다가 보이는 숨바꼭질 같은 풍경을 선사하고, 섬 한편의 길게 이어진 다리는 물과 맞닿아 있어 색다른 기분으로 걷게 한다. 마치 바다 위를 걷는 듯한 착각을 불러일으킨다. 물이 차오르는 날엔, 거친 파도가 그 다리를 덮어 위험하게 보이기도 한다. 하지만 평소엔 이 길이 주는 평온함과 파도 소리에 이끌려 방문객의 발길이 끊이지 않는다. 걷다 보면 어느새 파도 소리와 바람에 둘러싸여 섬과 하나가 된다.

　　　　　　　　　　1부 섬이 들려주는 교향곡

길을 걸으며 바다를 바라보는 일은 고대도에서 누릴 수 있는 가장 큰 즐거움이다. 물이 잔잔한 날엔 그곳을 지나는 고깃배를 볼 수 있고, 바람이 센 날엔 파도가 다리에 부딪혀 하얗게 부서지는 모습을 지척에서 볼 수 있다. 이 둘렛길은 섬이 가진 자연의 극과 극을 동시에 보여준다.

고대도의 이 둘렛길은 단지 풍경을 색다르게 감상할 수 있게 해주는 데에 그치지 않고 섬의 이야기를 품고 있다는 점에서도 특별하다. 한쪽엔 바다와 소통하려는 섬의 의지가, 다른 한쪽엔 자연과 공존하려는 인간의 흔적이 있다. 다리를 걷는 동안 마주하는 풍경은 멋지고, 섬과 바다가 나누는 대화에 귀 기울이게 한다. 어쩌면 고대도는 이런 길을 통해 자신을 더 많이 알리고 싶었는지도 모른다.

사람의 정성스러운 손길이 그대로 느껴지는 아담한 논, 향기 가득한 산책로를 품고 있는 소나무 숲, 그 너머로 보이는 바다가 아름다운 효자도, 사람의 발길이 있기에 더욱 둘렛길의 가치가 빛나는 섬 고대도는 오늘도 사람과 자연이 한데 어우러져 빛나는 풍광을 빚어내고 있다.

# 여우 형상을 닮은
## 작은 섬

### 호도

'호도'라는 이름을 들으면 사람들이 가장 먼저 떠올릴 뜻은 아마도 "호도하지 마!" 할 때의 호도糊塗일 것이다. 명확하게 결말을 내지 않고 일시적으로 뭔가를 감추거나 흐지부지 덮어버린다는 의미이다.

보령의 섬 호도狐島는 전혀 다른 뜻이다. 섬 모양이 여우를 닮은 데에서 유래한 이름이다. 말 그대로 신비롭고 조용하여 방문객에게 잔잔한 휴식과 특별한 경험을 선물한다. 특히 섬사람들만의 정서와 관계 문화를 잘 이해하면 더욱 특별한 경험을 할 수 있다.

섬 여행에는 나만의 원칙이 있다. 처음 소개받은 사람과의 인연을 소중히 여기며, 이후에도 숙박이나 식사를 그에게 부탁하

1부 섬이 들려주는 교향곡

는 것이다. 이런 관계는 섬의 정서를 이해하고 마을 사람들과 가까워지는 데 큰 도움을 준다. 호도에서는 그 인연이 어촌계장이었다. 내 원칙에 따라 어촌계장 댁에 숙박과 식사 도움을 청했고, 그 덕분에 자전거를 빌려 섬을 유람할 수 있었다. 이는 자연스럽게 섬과 나, 섬사람들과 나의 관계를 돈독하게 해주었다. 호도의 주민들에게 인심을 잃지 않고 있는 것도 모두 이러한 인연 덕분이다.

어촌계장 댁의 자전거를 타고 달리는 나를 보면 마치 호랑이 등에 올라탄 사람처럼 보이지 않을까 하는 상상도 해보았다. 자전거가 호랑이가 돼 그 섬에서 자연스레 권력을 얻은 듯한 느낌을 받는 것이다. 꽤 근거 있는 상상 아닐까. 어촌계장의 자전거를 타고 다니면 주민들에겐 이곳의 한 사람으로 받아들여지기 때문이다. 처음에는 퉁명스럽던 섬사람들도 이제 웃으며 눈인사를 건넨다. 호랑이라는 권력은 통제하기 어려운 순간을 안겨주기도 하지만, 잘 활용하면 신뢰와 유대감을 얻는 데에 큰 도움을 얻는다.

호도의 자전거는 주인이 중학생 때부터 타온 듯 오래된 물건이지만, 섬에서는 더 좋은 성능이 필요 없다. 단순히 이동 수단이 아니기 때문이다. 어촌계장이 학창 시절부터 타왔다는 것은 그의 손길과 정서가 고스란히 담겨 있다는 뜻이고, 그런 물건을 타고 다니기에 사람들과 가까워질 수 있다. 오래된 자전거를 타

1부 섬이 들려주는 교향곡

고 느릿느릿 섬을 돌아다니는 동안, 이 섬만의 정서가 내 마음에 스며들었다. 그 자전거가 어촌계장이 아닌 다른 주민 것이었대도 나는 그들의 일원으로 여겨졌을 것이다.

호도는 작고 평평한 섬이다. 선착장을 기준으로 좌측엔 낮은 섬 하나가 있고, 반대편에는 작은 해변이 자리하고 있다. 평평한 지형 덕분에 자전거를 타고 다니기 좋고, 섬을 한 바퀴 돌며 눈인사를 나누는 재미도 있다. 몇 번만 방문해도 초등학생부터 마을 어른들까지 서로를 알아보게 되는 이 섬만의 매력과 자전거 산책은 정말 딱 들어맞는다. 지형과 크기에 어울리는 신비롭고 고즈넉한 분위기는 호도의 이름 그대로 여우의 형상과 잘 맞지만, 인연의 힘은 호랑이의 기세와 같으니 호도라는 이름이 호도狐島가 아닌 호도虎島인 듯도 해 새삼 재미있게 느껴진다. 작은 섬 호도의 특징과 아름다움이 누군가에 의해 호도되지 않고 오래도록 유지되길 기도한다.

# 비 오는 날엔
# 비닐하우스

추도

"비 와유?"

비닐하우스 안에서 들려온 낯선 말이었다. 비가 오는 줄 뻔히 알면서도 건네는 충청도식 화법. 처음 만나는 이에게 내민 그들만의 인사였다.

'뼈섬'이라고도 불리는 추도抽島는 오천항에서 7.8킬로미터 거리에 있지만 태안의 안면도와 더 가까운 섬으로 0.08킬로제곱미터 면적에, 16가구, 30여 명의 주민이 살고 있는 작은 섬이다.

그날 나는 추도선착장에 내리자마자 쏟아지는 빗줄기를 피해 정신없이 한 비닐하우스로 뛰어들었다. 그곳에서 16가구 중 한 가구의 주인인 노부부를 만났다.

흰 스티로폼으로 된 의자에 나란히 앉아 파를 다듬던 두 사람

1부 섬이 들려주는 교향곡

은 조용히 나를 바라봤다. 그리고 남편이 나에게 다시 묻는다.

"비 맞았구먼?"

나는 젖은 어깨를 털며 고개를 끄덕였다.

"여기 앉아유."

부인이 옆에 놓인 플라스틱 박스를 권했다. 비닐하우스 안은 따뜻했다. 노부부는 손을 멈추지 않고서 이야기를 이어갔다. 파를 묶고 정리하면서 주고받는 말투는 느리지만 정겨웠다. 나는 그 소리와 비닐을 두드리는 빗소리를 동시에 들으며 그들의 리듬 속으로 녹아들었다.

투명한 비닐을 두드리는 빗소리는 흔한 백색소음을 넘어선 교향곡이었다. 일정한 리듬으로 떨어지는 빗소리가 귓가를 감싸고, 노부부의 손끝에서 만들어지는 소리가 그 사이를 채웠다. 마치 자연과 인간이 합주하는 작은 음악회 같았다. 나는 순식간에 어린 시절 기억 속으로 빨려 들어갔다. 함석지붕 아래에서 들었던 빗소리. 그 소리는 언제나 마음을 편안하게 해줬다. 빗방울이 지붕을 두드릴 때마다 책상에 앉아 글을 쓰거나 생각에 잠겼다. 지금도 기차를 타고 여행을 떠나면 그 소리를 찾아 나선다. 달리는 기차 소리와 차창 밖 풍경이 연상시키는 배경음 속에서 상상의 나래를 펼치곤 한다.

그 비닐하우스 안에서 듣는 빗소리도 다르지 않았다. 귀를 간지럽히는 소리가 내 머릿속의 복잡한 생각을 정리해줬다. 단지

빗물이 떨어지는 소리인데도, 그 안에는 사람을 맑게 해주는 무언가가 있었다. 소리를 사진으로 담을 수 없음이 안타까울 따름이었다. 사진은 풍경을 담을 수 있지만, 소리는 기록할 수 없다. 이에 사진가로서의 나의 과제는 사진을 보는 순간 소리가 들리는 듯한 느낌으로 찍어야 한다는 것이다. 이 빗소리를 기억할 수 있는 것은 이곳에 있었던 이만이 누릴 수 있는 특권이었다.

내 생각이 그렇게 부유하는 동안에도 노부부는 파를 다듬고 있었다. 일정한 리듬으로 움직이는 그들의 손끝은 빗소리와 닮아 있었다. 단조롭지만 지루하지 않은 움직임, 느리지만 멈추지 않는 그 리듬. 그들의 손길 속에서 섬사람들의 태도를 엿봤다. 비가 오는 날에도 일을 멈추지 않고, 자신의 하루를 조용히 완성해가는 모습.

1부 섬이 들려주는 교향곡

"쪽파 다듬어서 아침 배로 오천항에 보내야 해유."

아내의 말에 남편은 고개를 끄덕이며 파를 한 묶음씩 박스에 담았다. 비는 여전히 비닐하우스를 두드리고 있었지만, 그들에게 비는 걸림돌이 아니었다. 오히려 비는 그들의 리듬 속에 자연스럽게 흘러들어 있었다.

비가 잦아들 무렵, 나는 다시 비닐하우스 밖으로 나섰다. 도시 어느 집이 행인에게 비를 피할 공간을 그렇게 쉬이 내주겠는가. 추도의 마을로 향하는 내 귓가에는 여전히 빗소리가 남아 있었다.

그날 비닐하우스 안에서 들은 빗소리와 노부부의 작업으로 생기는 규칙적인 소리는 한데 어우러져 한 편의 교향곡이 되었다. 지금도 눈을 감고 그 장면을 떠올리면 그 음악이 내 안에서 울려 퍼진다.

# 섬마을의
# 웃음소리

장고도

농어촌에서는 종종 부부가 경운기를 타고 가는
모습을 볼 수 있다. 주로 남편이 운전하고 아내
는 짐칸에 앉아 운전석의 등받이를 붙들고 있다. 육지의 경운기
는 논이나 밭으로 가겠지만, 섬의 경운기는 바다로 향한다. 바다
라는 일터에서 부부는 각자의 역할에 충실하며, 그날의 목표를
함께 이뤄나간다.

장고도에서 만난 노부부도 경운기를 타고 일터로 가는 중이
었다. 역시나 남편은 앞만 보며 운전하고, 아내는 뒤쪽 짐칸에
앉아 경운기를 꽉 잡고 있다.

햇빛 가리개 모자를 쓴 아내 얼굴은 그저 새색시인 듯 해사하
지만 그들의 전체 모습은 오래된 동업자 관계임을 보여준다. 함

께 일하고, 함께 가정을 일구고, 함께 세월의 무게를 나누어온 파트너다. 이 부부의 사진은 그 자체만으로 그들의 감정과 관계를 되돌아보게 하고, 고된 인생을 끈질기게 함께한다는 것의 소중함을 일깨워주는 포토테라피가 된다.

사진 안에는 그 사진을 찍거나 보기만 한 사람은 알 수 없는 당사자들만의 이야기도 담겨 있다. 더욱이 그들이 부부라면, 부부만의 언어와 사정이 따로 있기에 사진 속 이야기는 더욱 비밀스러운 스토리텔링이 된다. 다만, 사진을 찍는 사람은 그 이야기를 다는 몰라도 그대로 반영하게 된다. 나는 그들만이 알 수 있는 이야기가 담긴 사진을 인화해 다시 마을을 찾았다. 주인공들에게 전해주기 위해서였다.

그날, 부부뿐 아니라 주민들도 모여 있었다. 결혼이나 약혼 사진이라도 되는 양 다들 축하의 말을 건네고 있었는데, 분위기는 더욱 짓궂어져 사람들이 어느 순간 외치고 있었다.

"뽀뽀해! 뽀뽀해!"

부부가 목젖이 보이도록 웃는다. 거울 속에 희미하게 보이는 이웃의 장난스러운 모습에서 따뜻한 유대감이 드러난다. 사진 한 장이 뭐라고 마치 무슨 시상식 대상 수상자라도 된 듯 사람들은 흥에 겨워 주인공 부부에게 환호를 보낸다.

이 환호 속에서 나는 종이 사진을 전달했다. 스마트폰으로 찍은 사진을 소셜 미디어로 공유하는 것과 비교하면 아주 비효율

적인 방식이겠으나 섬마을 사람들에겐 그렇지 않았다. 건네는
과정에서 사람들과 눈을 맞추고, 어깨를 두드리며 교감한다. 손
으로 쥔 사진이야말로 사람들의 마음속에서 새로운 감정의 파
도를 일으킨다. 물질의 세계에서 사진은 고작 종이 한 장에 불과
하겠지만, 부부는 그 이미지 속에서 단단한 정과 사랑을 나누는
존재가 된다. 고유하고 비밀스러운 두 사람의 이야기를 사진을
보며 오래도록 나누길 기대해본다.

1부 섬이 들려주는 교향곡

# 해변의
# 녹색 소주병

장고도 · 월도

　장고도 몽돌 해변을 거닐었을 때의 일이다. 나는 햇빛에 빛나는 자갈들 틈에서 조금 다른 빛을 띠고 있는 무언가를 발견했다. 흙빛이거나 무채색인 해변의 자갈들 틈에서 녹색이 반짝이고 있었다. 가까이 다가가 보니, 이런, 소주병이었다. 바닷바람에 빛바랜 병은 처음엔 그저 흔한 쓰레기처럼 보였지만, 이후 월도라는 섬에 갔을 때 나는 이 소주병을 떠올리게 돼 그때 찍었던 사진을 다시 찾아보게 되었다. 소주병이 단순한 유리 조각이 아니라 섬의 이야기를 담고 있는 상징처럼 느껴지기 시작했다.

　월도에 도착한 날 밤, 민박집에서 생선구이와 나물 반찬을 안주 삼아 밥을 먹다가, 술 생각이 났다.

"맥주나 소주 없어요?" 내가 물었다.

주인은 충청도 특유의 느린 말투로 대답했다.

"읎슈. 술 묵던 사람들은 다 죽었슈."

순간 어리둥절한 표정을 짓자, 주인이 담담히 이야기를 이어 갔다.

"옛날엔 술이 많았지유. 바다 일 끝나면 한잔씩 하며들, 그것이 섬살이의 낙이었구먼유. 근디, 그게 점점 많아져서 몸이 망가지고, 결국 다 떠나버렸슈. 그래서 요즘은 술 마시는 사람이 읎슈."

옆에 있던 이장님이 고개를 끄덕이며 말을 받았다.

"다들 술 좋아하니께, 적당히 할 줄 몰라유. 그게 사람 잡는 규."

술을 찾는 사람도, 술을 파는 집도 없다는 주인의 말에 그 흔한 술이 없는 섬의 풍경이 그제야 납득되었다. 월도는 술이 사라진 지 오래인 섬이었다.

과거에는 술이 섬사람들에게 중요한 의미를 가졌다. 외로움을 달래고, 고단한 바다 일의 피로를 씻어내며, 마을 사람들과 정을 나누는 매개체였다. 바다에서 하루를 보낸 뱃사람들이 술잔을 기울이며 웃고 떠들던 풍경은 이 섬의 일상이었다. 시간이 흐르며 술은 점차 삶을 지탱하는 도구에서 생명을 갉아먹는 짐으로 변해갔다.

그날 밤, 나는 자갈밭의 녹색 소주병을 떠올렸다. 그것은 단순히 버려진 빈 병이 아니라, 술로 인해 많은 것을 잃어야 했던 섬의 과거와 현재를 조용히 말해주고 있었다. 바닷바람 속에서 들려오는 파도 소리와 함께, 술 없는 섬의 풍경은 묘하게 낯설면서도 강렬한 인상을 남겼다.

술은 그 자체로 나쁘지 않다. 문제는 우리가 술을 대하는 방식이다. 술이 사람을 모으고 이야기를 풍성하게 만들 수도 있지만, 과함은 그 모든 것을 무너뜨릴 수도 있다. 월도에서 들은 이야기는 단순히 과음에 대한 경고를 넘어, 멈출 줄 아는 지혜를 가르쳐주었다.

녹색 소주병은 여전히 자갈밭 어딘가에 남아 있을 것이다. 그것은 바람 속에 섞여 섬의 메시지를 전하며, 우리가 잊지 말아야 할 이야기를 조용히 들려주고 있다. 술이 과할라 싶을 땐 월도의 소주병을 떠올린다. 그 술병에 잔을 기울였을, 어쩌면 술로 마음과 몸의 건강을 잃었을 뱃사람들을.

# 섬을
# 걷는다는 것

삽시도

선착장은 섬 여행의 시작과 끝이 되는 특별한 공간이다. 같은 배를 타고 온 사람들끼리도, 선착장에서야 서로를 알아보는 경우가 많다. 섬은 그렇게 우연을 통한 특별한 만남을 선사한다.

"윤지영이 아녀?"

보령시장님이 내가 만든 삽시도 화보집을 넘기며 사진 속 친구를 알아보셨다.

"맞습니다. 우연히 만나 반가운 마음에 사진을 찍어줬어요."

사실, 그 친구가 책에 실린 건 단지 친구여서가 아니라, 사진 속 그의 모습이 섬의 분위기와 딱 들어맞았기 때문이다.

삽시도는 걷기 좋은 섬이다. 대천항에서 배로 40여 분이면 도

착하는 가까운 거리에, 고운 모래와 크고 작은 해변들이 조화를 이루고 있다. 특히 일반적인 소나무와 달리 잎이 노란색인 희귀한 소나무인 황금곰솔이 늘어선 둘렛길, 물이 들어오면 분리되는 듯하지만 삽시도에 면해 있다는 뜻의 면삽지, 밀물 때 바닷물에 잠겼다가 썰물이 되어 바위가 드러나면 그 틈에서 상큼한 생수가 솟아나는 물망터 같은 독특한 볼거리, 쉼터에서 바라보는 시원한 바다 풍경은 걷는 이들에게 잊지 못할 감동을 준다. 첫배로 들어가 둘렛길을 한 바퀴 돌고 오후 배로 나올 수 있을 정도로 부담 없이 즐길 수 있는 섬이다.

삽시도에서 찍은 사진 속 사람들은 흔한 기념 촬영을 하는 모습이 아니었다. 점프하며 환하게 웃는 그들의 표정은 섬에 대한 기대와 즐거움을 있는 그대로 표현하고 있었다. 여행지에서 느끼는 자유로움과 여유가 사진에 고스란히 담긴 셈이다.

사진은 순간을 기록하지만, 그 순간이 지닌 감정의 여운은 훨씬 깊다. 이날 찍힌 사진은 여행의 기억을 한층 고조시키는 보조재 역할을 했다. 이 사진 속 사람들은 카메라를 응시하진 않았지만, 카메라로 찍히는 것을 의식하며 몇 번이고 점프를 반복했다. 그러면서 어느 순간 사진 촬영이라는 사실조차 잊고, 상황 속에 온전히 빠져드는 무아지경을 경험했을 것이다.

사진은 기록에 머물지 않는다. 그 과정에서만 느낄 수 있는 독특한 경험이 있다. 사진을 찍으며 우리는 생각지도 못했던 감정을 느끼기도 한다. 그날의 분위기, 몸이 기억하는 순간, 그리고 그 찰나의 감정은 사진이라는 매개체를 통해 더욱 강렬해진다. 이런 점에서 사진은 여행을 기억하게 할 뿐만 아니라, 여행을 다시 살려내는 매개체가 된다.

삽시도는 섬 여행 초보자에게도 알맞은 곳이다. 하루 만에 부담 없이 다녀올 수 있고, 민박과 펜션 등 숙박 시설도 잘 갖춰져 있어 계획을 잡기도 쉽다. 특히 직장인들에게는 한 주를 마무리하며 새로운 활력을 얻기에 안성맞춤인 여행지다.

여행지에서 우연히 만난 지인과의 촬영은 그들만이 아니라 나에게도 큰 이벤트였다. 낯선 곳에서, 그것도 육지와 동떨어진 섬에서 익숙한 얼굴을 만난다는 건 그곳이 아무리 고향 지역이라 해도 마치 생경한 도시에서 동향인을 만나는 것 같은 기쁨을 준다. 그 특별한 순간은 여행의 즐거움을 배가하며 오랫동안 기억에 남는다.

보령시장님이 사진 속 즐거워하는 사람들의 표정을 보며 순간 부러움을 느꼈을지도 모른다.

걷고, 힐링하고, 소중한 만남과 추억을 남길 수 있는 곳, 삽시도는 그런 섬이다. 그곳에서의 경험은 단순한 여행 이상의 특별한 기억으로 남아 사람과 섬을 더 깊이 연결해준다. 그 섬을 온전히 즐기는 그들의 모습을 보며 나 역시 즐거움이라는 감정에 함께 빠져드는 축복을 받았다.

# "뭐 찍어유?"

장고도

반복되는 일상은 새로울 게 없다. 포토그래퍼인 나는 이 새로움을 찾기 위해 늘 사투를 벌인다. 장고도, 고향 보령 섬 중 처음 방문했던 곳이자, 섬에 익숙해지는 법을 배운 장소이기도 하다. 장고도 사람들은 카메라를 든 나에게 자주 묻곤 했다.

"뭐 찍어유?"

그들은 별뜻 없이 무심코 던진 질문이었겠지만, 내게는 단순한 호기심 이상의 말로 들렸다. '나는 누구인가'라는 인간 본질에 대한 질문으로 다가왔기 때문이다.

섬에 들어가면 그 섬만의 특징이 드러나는 풍경과 사물, 사람들을 담으려고 노력하면서 마치 내가 대상들의 의미를 발견한

양 느껴질 때도 있지만, 주민들의 이런 질문은 외려 나를 돌아보게 한다.

'정말, 나는 지금 뭘 하고 있는 거지?'

장고도 서편, 장군섬이 있다. 물이 빠지면 걸어서 갈 수 있는 섬이다. 장고도에 붙어 있으나 물이 들어오면 섬이 되는 곳이다. 가까이 다가가면 멀리서 보는 것보단 크다. 장군섬으로 가는 길에 섬사람들은 천막을 쳐놓고, 번갈아 교대하며 바닷물이 드나드는 시간에 따라 오가는 사람들을 안내한다. 소소한 용돈벌이 삼아 하는 쉬운 일로 보일 수도 있지만, 실상은 단조롭기 그지없는 시간과의 싸움이다. 그렇기에 지나가는 여행자는 그들에게 작은 발견이자 흥미로운 사건이 된다.

"어디서 왔슈?"

카메라를 든 이에게 또 묻는다.

"뭘 찍어유? 찍을 건 있슈?"

이 질문은 답을 요구하는 것이 아니다. 사람 자체가 반갑기 때문에 던지는 질문이다.

보령이 고향인 내가 그 질문의 의미를 모를 리가 없기에 "나는 장고도와 장군섬의 풍경을 찍고 있지요"라는 기계적인 대답으로 그를 실망시키지 않는다. 여행자인 내게는 신선한 풍경과 경험이 그들에게는 반복되는 일상인 줄 잘 알기에 '나는 누구이며 여기서 뭘 하고 있는 거지'라는 질문은 뒤로 보내고 그들과의

대화를 이어간다.

그렇게 대화를 주고받다 보면 섬사람들은 익숙함으로 잊고 있는 섬의 아름다움과 가치를 새삼 떠올려보게 되고, 나는 다시금 '나는 지금 뭘 찍고 있나?' '나는 왜 섬에 와서 사진을 찍고 있을까?' '나는 누구일까?'와 같은 본질적인 질문으로 돌아가 스스로 답을 해보게 되는 것이다.

우리는 모두 자신이 특별한 일을 하고 있다고 믿는다. 가만히 들여다보면, 우리의 행위와 그 의미에 대해 스스로 답하지 못할 때가 많다. 사진을 찍는 일도 그렇다. 마치 삶을 기록하는 대단한 일을 하고 있다고 믿지만, 정말 이 행위가 어떤 의미를 지니고 있는지 궁금해질 때가 있다.

삶은 스스로에게 질문을 던지는 일의 연속이다. 섬사람들의 반복되는 일상 속에서도, 그 질문은 여전히 유효하다. 우리는 그 질문에 대한 답을 찾기 위해 또다시 길을 떠난다. 나와 대화를 나누었던 그 섬사람은 자신이 무심코 던진 질문이 삶의 본질에 대한 고민으로까지 이어졌다는 걸 모를 테지만, 나는 오늘도 그 질문을 내면을 향한 창으로 삼아 또다시 나 자신에게 묻는다.

지금, 나는 무엇을 하고 있는가?

1부 섬이 들려주는 교향곡

# 솔잎 향이
# 가득한 숲길

장고도

장고도의 해변 숲길은 그 이름만으로도 마음을 차분하게 한다. 바다를 따라 이어지는 길, 그 길 위를 걷다 보면 솔잎 향이 은은히 스며든다. 사람들이 흔히 '둘레길'이라 부르는 산책로지만, 이곳엔 그저 둘레를 걷는 이상의 특별함이 있다. 장고도의 아담한 숲길은 바다와 숲이 하나로 어우러진 길이다. 그래서 '해변 숲길'이란 이름이 더 어울린다.

숲길에 들어서면 선착장의 분주함은 멀어지고, 오롯이 솔 향과 바닷바람만이 동행한다. 오후의 따스한 햇살 아래, 바람은 솔잎 사이를 스치며 갯내음을 품어낸다. 그 향기는 코끝을 스쳐가는 것이 아니다. 마치 기억을 담은 편지처럼 가슴속 깊이 스며들어 오래도록 잊히지 않는다. 이 길을 걷게 되면 산책 그 이상

의 의미를 느끼게 된다. 향기를 마시고, 바람을 듣고, 자연을 느끼는 모든 감각이 깨어나는 순간의 연속이다. 나는 그날 이 해변 숲길을 가족과 함께 걸었다. 아버지가 툭 내뱉으신 말이 기억에 남는다.

"참, 솔잎 향이 좋구먼."

그 짧은 감탄은 단순히 향기를 말한 것이 아니었다. 그것은 순간의 모든 아름다움에 대한 감사와 감격의 표현이었다. 그 말을 듣고 가족들은 저마다 깊은 숨을 들이마셨다. 그 풍경 속에 스며드는 우리의 모습은 사랑스러운 한 장면이 되었다. 그 순간을 놓칠 수 없어 카메라를 들었다.

그날 그 둘렛길에서 맡은 솔잎 향은 특별했다. 그것은 자연이 우리에게 속삭이는 위로이고, 오래된 시간과 기억이 어우러진 이야기의 일부가 되었다. 장고도의 소나무들은 해풍을 견디며 자라난 만큼 굳센 자태를 뽐내며 오래된 시간과 기억을 속삭여 준다. 기암괴석, 흰 모래, 푸른 소나무가 덮고 있는 해변. 과연 태안해안국립공원으로 지정될 만하다.

가끔 장고도를 생각하면 바람 속 가득했던 솔 향, 가족들의 미소가 섬의 풍경 속 일부가 돼 한 폭의 그림이 되고, 무척 그리워진다.

# 체념과 기쁨이 교차하는
# 선착장

녹도

섬사람들에게 배는 평범한 교통수단이 아니다. 배는 섬과 육지를 연결하고, 사람과 사람을 이어주는 다리이며, 희망과 기다림의 매개이다. 삶을 지속할 수 있게 해주는 생명줄이기도 하다. 섬사람들은 기상에 따라 결정되는 배 운항에 일희일비하지 않는다. 기상 상태가 나쁘거나 바람이 거세지면 배는 오지 않는다. 이럴 때 섬사람들은 체념에 익숙하다.

"안 오는디 어쩔 겨?"

담담한 마음으로 다시 일상으로 돌아간다. 그들에게 배는 기다림의 대상일 뿐만 아니라, 삶이 결코 바람대로만 되지 않는다는 것을 일깨워주는 선생이기도 하다.

그러나 배가 도착하는 날, 선착장은 활기로 가득 찬다.

사진 속 녹도의 선착장은 물건을 나르고 사람들을 맞이하는 중이다. 우편으로 전달된 물건들을 배에서 내리고, 사람들은 설레는 마음으로 받아 간다. 보내는 이의 마음과 받는 이의 기쁨이 교차하는 순간, 이 작은 선착장은 물류 교환의 장소를 넘어 마음이 오가는 장터가 된다.

검정 마스크를 쓴 선생님은 섬에서 아이들을 가르치기 위해 머무는 중이다. 표정은 마스크에 가려 있지만, 몸짓만으로도 섬에서의 고단함과 보람이 동시에 느껴진다. 고립된 섬이라는 장소가 주는 구속감, 육지의 다사다난함으로부터 멀어진다는 자유함, 이 이중적인 감정이 그녀를 감싸고 있는 듯하다.

선착장은 늘 다양한 감정의 물결로 출렁인다. 배가 도착하여 누군가를 맞이할 때의 설렘과, 배가 떠나며 누군가를 보내야 하는 아쉬움은 극명하게 대조적이다. 사진 속 사람들은 표정을 드러내지 않아도 그 몸짓만으로 간절함과 기쁨을 표현하고 있다. 물건뿐만 아니라, 섬으로 들어오는 사람과 떠나는 사람 모두가 선착장에서 교차하며 자신만의 이야기를 만들어간다.

일정 기간 섬에서 살아본 이들은 육지에서는 느끼지 못했던 새로운 감각을 경험한다. 섬이 주는 낯선 자유와 불편한 고립 사이에서 자기 자신에 대해 깊이 생각하고, 섬사람들의 삶의 지혜를 배운다.

섬사람들의 일상은 배를 기다리는 것으로 시작되고, 배가 떠나며 마무리된다. 그들은 자연의 흐름을 거스르지 않고 받아들이는 법을 알고, 그것이 때로는 삶의 철학이 된다. 그렇기에 사진에 담긴 선착장은 작은 공간이지만, 그곳에서 수많은 사람과 사물이 오가고, 그 사람과 사물이 만들어낸 이야기들을 생각하면 그곳은 더 이상 조그만 공간이 아니라 무한대로 확장되는 신비한 곳이 돼 큰 여운을 안겨준다.

1부 섬이 들려주는 교향곡

# 낭만과
# 긴장 사이

### 면삽지

삽시도 뒤편, 면삽지라 불리는 작은 섬이 있다.

물이 들어오면 독립된 섬이 되고, 물이 빠지면 삽시도의 일부가 되는 곳이다. '삽시도에 면한다' 해서 면삽지라는 이름이 붙었다. 물의 움직임에 따라 경계가 바뀌는 것이다.

섬의 특징을 그대로 드러낸 이 정직한 이름을 들으면 마치 인간관계를 표현한 듯해서 재미있다는 생각이 든다. 많은 관계가 일정하게 유지되지 않는다. 상황과 감정에 따라 멀어졌다가 가까워졌다가를 반복한다. 이는 가족이라도 그렇다. 다채로운 인간관계처럼 작은 섬들도 그렇다. 얼핏 평범해 보이지만 그 안의 풍경은 다채롭다.

프레임 속엔 흰옷과 분홍 옷을 입은 두 여인이 있다. 그들의

경쾌한 색감은 밝고 낭만적이다. 자세히 들여다보면 단순히 아름다운 풍경을 담은 것만은 아니다. 두 여인이 서 있는 이곳에는 바닷물이 차오르고 있다. 저 멀리 바다는 시원하게 펼쳐져 있지만, 발밑으로는 물이 밀려오며 서서히 두 여인을 고립시키고 있다.

사진은 화각, 그리고 어디에서 찍었는지에 따라 표현되는 감정이 달라진다. 만약 위에서 내려다봤다면, 이 섬과 바다의 경계는 단순히 아름다운 조화로 보였을 것이다. 하지만 땅에 서서 순간을 담아낸 사진은 바다가 가진 또 다른 면을 드러낸다. 물결의 움직임은 현실적이고 즉시적이다. 두 여인의 밝은 모습과 물이 차오르는 상황이 만들어내는 대비는, 이곳이 낭만과 긴장이 공존하는 장소임을 보여준다.

바닷가에 살던 나로서는 이런 풍경에 익숙하다. 바다는 늘 안전하지만은 않았다. 바닷물이 들어오는 줄 모르고 일하던 이가 그대로 물에 갇혀 생을 마감했다는 이야기를 들으며 자랐다. 그때부터 바다는 나에게 단순한 낭만이 아니었다. 언제나 경계를 넘어서는 존재, 아름다움 뒤에 긴장감을 품고 있는 존재였다.

아주 어릴 적에는 그런 긴장을 느끼지 못했다. 간척지 너머 방풍림 사이를 맨발로 뛰어다녔던 그 시절, 우리는 바다를 향해 함성을 지르며 달려갔다. 누가 먼저 바다에 도착하나 경쟁하고, 신발과 옷을 벗어 던지며 바다로 뛰어들던 그날들이 떠오른다. 바다는 그때 우리에게 자유였다. 그때 느꼈던 자유는 이후로 알게 된 바다의 무서움으로 인해 더욱 생생하게 기억되는지도 모른다.

바다는 낭만적이다. 하지만 그 낭만 안에서도 긴장을 늦추지 않아야 한다. 편한 관계라고 해서 무례하면 한순간에 사람을 잃을 수 있듯이, 조심하지 않으면 바다는 순간 소중한 것을 앗아간다. 마치, 바닷물의 움직임은 느리지만 결코 멈추지 않고 어느 순간 삽시도와 분리돼 면삽지라는 독립된 섬을 만드는 것과 같다.

낭만과 긴장이 어우러진 면삽지에서, 인생에서 만나는 아름다운 순간순간마다 그 이면에 숨은 위험을 늘 염두에 두어야 한다는 진실을 마주하게 된다.

# 주인은
# 누굴까?

호도

섬의 밤은 고요하다. 낮 동안의 유람이 끝나고 밤이 찾아오면 허망하고 막막한 기분을 느낄 때가 있다. 그럴 때면 카메라를 들고 조용히 마을로 나간다. 가로등 불빛과 달빛이 어우러진 골목, 바람 소리만 들리는 바닷가, 그리고 그 안에 숨겨진 작은 흔적들이 이방인을 기다린다. 셔터를 누르는 순간은 신중하다. 무작정 찍기보다 '이거다' 싶은 순간에만 손가락이 움직인다.

좁은 골목, 어느 집 앞에 멈춘다. 리어커는 초록, 담벼락은 노랑, 지붕은 빨강이다. 빨강 노랑 파랑, 삼원색이 조화를 이룬 공간이다. 삼원색은 모든 색의 기본이자 가능성을 상징한다. 이 집의 주인도 삼원색처럼 다채롭고 조화로운 삶을 살고 있을 듯하

다. 녹색 리어커는 실용적이고 차분한 성향을, 노란 담벼락은 밝고 긍정적인 에너지를, 빨간 지붕은 열정과 책임감을 드러낸다. 이 모든 조합이 주인의 삶이 어떠한지 요약해 말해주는 듯하다.

정말 이 집 주인은 내가 상상한 대로의 인생을 살아가고 있을까? 내 상상이 맞는다면 분명 세심하고 배려심 많은 성격을 지녔으리라. 유즘 유행하는 MBTI로 성격 유형을 추측해보자면 ISFJ 아닐까? 전통을 중시하면서도 실용적인 삶을 추구하고, 감성적이면서도 체계적인 접근으로 공간을 꾸몄을 것이다.

이 집 앞에서 사진을 찍으며 보물찾기를 하듯 주인을 그려본다. 섬의 골목에서 만나는 손때 묻은 물건들, 오래된 흔적들 그리고 가지런히 배치된 색채의 조화가 주인과 대화를 나누는 듯한 기분을 안겨준다. 좁은 마당이지만 모든 것이 적절하게 놓인 풍경은 그의 성격을 반영한다. 공간 구석구석에서 짐작되는 이야기는 이 집이 단순히 생활하는 공간에 그치지 않고, 삶을 고스란히 담아낸 캔버스임을 말해준다.

다시 한번 생각한다. 사진을 찍는 행위는 묻고 답하기 위한 과정이다. 섬마을의 밤, 그리고 그 속에서 만나는 사람들의 흔적은 풍경 이상으로 마음을 울린다. 색채와 배치 속에 담긴 이야기를 통해, 또 하나의 작은 연결 고리를 찾는다. 섬은 언제나 새로운 물음과 발견으로 가득 차 있다.

'주인은 누굴까?'

이 질문 속에서 섬의 또 다른 매력을 발견한다.

# 냉장고 없는
# 냉장 수박

호도

호도선착장에서 해수욕장으로 이어지는 길목, 작은 무인 카페가 눈에 들어온다. 허름한 간판 아래, 외발 리어커가 있고, 그 안에 수박 몇 통이 가지런히 놓여 있다. "호도산 냉장 수박"이라는 글씨가 적힌 팻말이 방문객의 발길을 멈춰 세운다.

이상하다. 냉장고가 어디에 있단 말이지? 선착장 주변을 둘러봐도 눈에 띄는 건 바람에 흔들리는 그늘막과 바닷물뿐이다. 냉장하지 않은 냉장 수박이라니, 섬사람들의 재치가 담긴 문구임이 분명하다. 하지만 그 팻말을 보고 조금만 생각해보면, 섬사람들은 결코 허투루 말하지 않는다는 것을 깨닫는다. 해변으로 향하는 길에 있는 이 수박은, 사실 이미 '냉장될 준비'를 마쳤다.

이 수박을 가장 특별하게 먹는 방법은 바닷물에 담그는 것이다. 바닷물은 놀랍게도 수박을 짜게 만들지 않는다. 오히려 자연스러운 냉장 효과를 준다. 차가운 바닷물이 수박의 온기를 빠르게 빼앗아가며 시원함을 더한다. 바닷물 속에 한참을 담가두었다가 먹는 수박은 마치 계곡물에 띄운 수박처럼, 아니 그보다 더 독특한 시원함을 품고 있다. 주인이 냉장 수박이라 적은 이유는 바로 여기에 있다. 바닷물이 자연 냉장고가 되는 섬의 지혜를 담은 것이다.

수박을 바닷물에 담가두고 기다리는 시간조차 섬에서만 느낄 수 있는 여유다. 바닷가에서 그늘을 찾아 앉아, 파도 소리를 들으며 수박이 충분히 차가워지길 기다린다. 마침내 한 조각을 베어 물면, 그 안에는 바다의 시원함과 섬의 정취가 한데 어우러져 있다. 리어커에 실려 온 수박에는 섬마을 사람들의 여유와 배려, 이곳만의 특별한 경험과 위트가 담겨 있는 셈이다.

섬마을의 무인 카페, 외발 리어커, 그리고 "냉장 수박"이라는 문구와 귀여운 수박 그림까지 이 모든 것이 하나로 어우러져 호도라는 섬만의 독특한 풍경을 만든다. 바다에서 냉장된 수박 한 조각, 시원한 바람, 그리고 그 순간을 함께하는 웃음소리. 호도의 여름날은 이렇게 완벽한 한 컷으로 완성되었다.

# 다시 아이로
# 돌아가는 시간

외연도 · 삽시도

인간은 환경의 산물이다. 태어날 때 고유한 성향을 가지고 있지만, 이후 삶 속에서 환경과의 상호작용을 통해 사회적 자아가 형성된다. 이 두 요소의 결합이 지금의 우리를 만든다. 환경은 인간의 감각을 자극하고, 세상을 인식하는 방식을 결정짓는다. 그렇기에 자연과 가까운 환경에서의 경험은 인간이 자연의 일부라는 사실을 특별한 방식으로 일깨운다.

결국, 이 장황한 설명은 섬이 사람을 변화시킨다는 말을 하려는 것이다.

섬은 모든 사람을 단숨에 아이로 만들어버린다. 바닷가에서 뛰며 소리치고, 몽돌이나 모래 위에 누워 흥얼거리며 하늘을 바

라보는 모습을 우리는 섬에서 쉽게 보게 된다. 자연 그대로의 날 것을 간직하고 있는 섬은 인간의 본능을 자극해 어른에게도 순수한 아이의 모습을 되찾아준다. 규범과 책임에 얽매었던 도시로부터 벗어나 섬에 오면 마치 속박에서 풀려난 듯 본연의 모습을 드러낸다.

어른들이 섬에서 아이가 되는 이유는 무엇일까? 바닷가에 발을 디디고, 손으로 모래를 만지고, 바람을 느끼는 그 순간 모든 감각이 깨어나고 호기심이 되살아난다. 파도가 발끝에 닿는 감촉, 물웅덩이에 반짝이는 햇빛, 몽돌이 굴러가는 소리. 이 모든 것은 우리가 어린 시절 느꼈던 순수와 연결된다. 섬에서는 그 순간의 감각에 집중할 수 있어 복잡한 생각을 멈추고, 단순하고 순수한 감정을 받아들인다.

외연도 자갈밭에 일렬로 사람들이 누워 있는 사진의 주인공들은 60대 중반이 넘은 어른들이다. 섬연합회 회원인 이들에게 누워서 자세를 잡아보라고 하니 다 같이 유쾌해져서는 자유롭게 포즈를 취했다. 두 번째 갯벌 위에 사람들이 서 있는 사진은 내 고등학교 친구들과 은사님이다. 가장 오른쪽에 계신 분이 김일상 선생님이시고, 나머지가 친구들이다. 선생님을 모시고 이들과 한마음이 돼 떠난 삽시도 여행에서, 다들 어린 시절로 돌아간 듯한 자세를 취했다.

자연은, 특히 육지와 분리된 섬은 어른들을 순식간에 아이로 돌아가게 한다. 그 특별한 장소는 모든 굴레를 벗어버리게 하고, 섬의 바람과 파도와 모래는 우리를 해방시킨다. 마치 영화 〈쇼생크 탈출〉에서 앤디 듀프레인이 감옥에서 탈출해 진정한 자유와 희망을 찾았던 것처럼, 섬에서 그 순간을 경험할 수 있다.

그럼에도 친구들이 아이처럼 자유롭게 소리치지 못했던 이유는 결국 타인의 시선 때문이었을 것이다. 그 시선이 그들에게서 자유를 빼앗았다고 생각하면 함께 나이를 들어가는 친구로서 공감이 되면서도 마음이 아프다.

조금만 우리가 우리의 마음을 풀어준다면, 섬에서 본성과 사회적 자아가 자연스럽게 경계를 허무는 경험을 할 수 있다. 자연의 일부가 되어 어른도 아이도 아닌 자유로운 존재가 되는 것이다. 그날 그 경계를 다 허물지 못했음이 못내 아쉽지만, 우리에겐 또 기회가 올 것이다. 함께 섬으로 가자.

# "어딜 그리
# 급히 가유?"

장고도

갯벌 위, 노란 박스를 끌고 어디론가 바쁘게 걸어가는 남자가 있다. 바다가 열리고 다시 물이 들어올 시간, 그의 발걸음이 다급하다.

"어딜 그렇게 급히 가유?"

멀리서 소리치자 남자가 잠시 멈칫하며 돌아본다.

"바지락 가지러 가유."

쑥스러운 듯 웃음을 지으며 대답한다.

"그래도 천천히 가도 되는 거 아뉴?"

"천천히 가다간 저녁상 엎어질지도 몰라유!"

말끝에 묻어난 농담이 진짜일지, 웃자고 한 소리일지 알 수 없다. 하지만 그의 빨라지는 발걸음을 보니, 농담이 아닐 수도 있다.

　이 남자는 어쩌면 섬에 사는 누군가의 평범한 남편이다. 섬에서 아내가 갯벌에 나가 바지락이나 굴을 채취하면, 남편은 실어나른다. '동업자'라고 부를 만하다. 이 풍경은 섬의 일상이자, 서로의 삶을 지탱하는 협업의 한 형태다.

　"그래도 함께하면 좋쥬."

　남자는 노란 박스를 다시 잡으며 웃음 섞인 목소리로 답한다.

　"그렇쥬. 근디 아내 말은 우리 집에선 법유."

　그의 유머러스한 말투에 함께 있던 사람들 사이에서 웃음이 터진다. 재촉하는 그의 발걸음에 아내와 함께 일궈가는 삶의 성

1부 섬이 들려주는 교향곡

실함과 사랑, 그러면서도 때로 크고 작은 일로 갈등하기도 하는 평범하면서도 유쾌한 일상의 단면까지 담겨 있다. 바닷물이 밀려오듯 삶의 무게도 밀려오지만, 이들은 함께 그 무게를 나누며 살아간다.

"오늘 저녁은 뭐 먹을 규?"

멀어지는 그에게 다시 물으니, 남자가 뒤돌아 소리친다.

"바지락칼국수유! 근데 살아남아야 먹지 않겠슈?"

그의 목소리가 갯벌 위를 가로지르며 유쾌하게 메아리친다.

노란 박스와 다급한 발걸음, 그리고 남자의 목소리. 이 모든 것이 섬이라는 공간에서 만들어진 소박하고도 따뜻한 한 편의 이야기다. 삶은 어쩌면 이런 작은 순간들 속에서 가장 빛나는 것이 아닐까.

# "누구네
왔슈?"

삽시도

물때에 맞춰 삽시도의 어촌계원들이 하나둘 모
여들었다. 검은 꾸러미에서 이름표를 꺼내 옆
구리에 달면 출석 완료. 저마다 울긋불긋한 옷차림으로 등장한
모습이 마치 섬마을 패션쇼를 방불케 했다. 섬을 다니며 이런 생
동감 넘치는 광경을 만난다는 것은 흔치 않은 기회였다. 나는 자
연스럽게 사진 촬영을 제안했다.

그러나 섬사람들, 특히 아낙들은 대체로 카메라를 부담스러
워한다. 사진을 찍자는 말에 여기저기서 웅성웅성 소리만 흘러
나왔고, 어촌계장에게 도움을 요청했지만 별다른 변화는 없었
다. 분위기가 쉽게 풀리지 않는 듯했다. 그러던 순간, 갑작스럽
게 돌파구가 열렸다.

"챌린지 미용실 오빠 같어!"

누군가의 외침과 함께 상황이 급반전되었다. 언제 망설였냐
는 듯, 사람들은 하나둘씩 자리를 잡기 시작했다. 온몸을 단단히
싸맨 상태라 포즈나 웃음은 기대하지 않았지만, 적어도 카메라
를 똑바로 바라보는 사진을 찍을 수 있었다. 마치 홍해가 갈라진
듯한 순간이었다. 시내에서 미용실을 운영하는 동생이 내 책과
가족 여행 사진을 미용실에 두었고, 단골인 어촌계원들이 이를
기억해낸 것이다.

이때 나는 섬사람들에게 '관계'란 생각보다 훨씬 중요한 요소
임을 깨달았다. 아는 사람과 모르는 사람을 대하는 태도의 차이
는 하늘과 땅만큼이나 크다. 그래서 섬을 방문할 때 이장이나 어

촌계장의 소개를 받는 것이 필수였다. 그들과의 관계 형성이야 말로 섬에서의 첫 번째 관문이었다.

그날 어촌계원들의 화려한 옷차림은 취향의 반영을 넘어 그들 스스로를 드러내고자 하는 자연스러운 표현이었다. 자신만의 색깔로 존재감을 나타낸 그들은, 자신들만의 관계에서 만들어낸 특별한 순간을 공유하고 있었다.

섬사람들은 아는 사람에겐 활짝 열려 있지만, 낯선 사람에겐 좀처럼 마음을 허락하지 않는다. 육지에서도 관계는 중요하다. 사돈의 팔촌이라도 인연이 닿으면 일이 수월해질 때가 많다. 그러나 섬에서는 그보다 더 큰 의미가 있다. 섬은 고립된 공간이다. 외부인은 출처를 알기 어렵고, 문제가 생겨도 쉽게 해결되지 않는다. 신뢰가 쌓이기까지 시간이 걸리는 이유다.

그렇다고 그들이 배타적이라고 단정짓기는 어렵다. 문이 열리는 데 시간이 걸릴 뿐이다. 섬사람들에게 관계는 신뢰와 동의어다. 쉽게 다가오지 않는 것은 그들만의 생존 방식이며, 동시에 공동체를 지키는 문화적 행위이기도 하다. 하지만 그 문턱을 넘어서면, 그들은 오랜 지인을 대하듯 친근하게 맞아준다.

섬을 진정으로 즐기고 싶다면 먼저 다가가 손을 내밀면 된다. 그러면 언젠가 그들도 따뜻한 미소와 함께 마음을 열어줄 것이다. 오늘도 섬에서 만난 그들은 묻는다. "누구네 왔슈?"

1부 섬이 들려주는 교향곡

# 언덕 너머,
# 기대의 언저리

녹도

작지만 매력적인 섬 녹도, 이곳의 언덕에 오를 때마다 새로운 기대가 생긴다. 언덕 위가 골목이든, 그 너머가 바다든 항상 그렇다. 입담 좋은 가이드를 따라가며 듣는 이야기와는 다른, 자발적 상상력을 자극하는 매력이 있다. 바다가 한눈에 펼쳐지기 시작하면, 이야기는 새로운 차원으로 넘어간다. 바다만이 아니라 그곳에서 일하는 사람들의 존재가 이야기를 더욱 풍성하게 만든다. 이야기 속에서 사람을 만나며 완성되는 순간, 그것이야말로 최고가 된다.

녹도의 선착장에서 마을을 지나 발전소로 이어지는 언덕은 특히 가파르다. 올라가다 보면 때로는 하늘만 보이기도 한다. 그날의 하늘은 유난히 파랗게 빛나 상상력을 자극했다. 그 상상이

현실로 넘어올 때, 바다와 함께 일하는 아낙의 모습까지 더해져 모든 것이 특별해졌다. 이러한 상황의 사람은 지나칠 수 없는 흥미로운 피사체다.

"아주머니, 뭘 잡으신 거예요?"

"굴이요. 이거 맛이 정말 죽여줘유!"

이미 흥정은 시작되었고, 우리는 아주머니를 따라 그녀의 집으로 갔다. 겨울임에도 집 옆 비닐하우스에서는 싱싱한 상추가 자라고 있었다. 바닥 한편에 쟁반이 놓였다. 갓 잡은 굴을 상추에 싸서 입에 넣는 순간, 바다 내음과 굴의 고유한 향이 어우러져 '아, 이 맛이 섬의 맛이구나!'라며 감탄한다.

일행은 눈을 감고 그 맛을 천천히 음미한다. 찬밥이라 미안하다며, 직접 딴 파래를 씻어 참기름에 묻히고 깨소금을 뿌리니 그 환상적인 맛은 표현 불가다. 그 향이 입안에서 좀처럼 빠져나가려 하지 않는다. 파래무침은 사람들이 표하는 잦은 감탄에 아주머니도 감복하여 내어준 특별식이었다. 이런 주고받는 감동과 감탄은 모두가 행복한 세상을 만드는 삶의 지혜다.

식사를 마치고 나서, 아주머니는 우리에게 마을 사람들만 아는 장소를 귀띔해준다. 도미노처럼 이어지는 여행 코스는 다음 만남에 대한 기대를 불러일으킨다. 이것이 바로 섬 여행이 주는 매력이 아닐까?

# 섬에서 만난
# 최고의 안주

장고도

장고도의 봄날, 방갈로 안으로 부드러운 햇살
이 스며든다. 창밖으로 보이는 장군섬과 어우
러진 풍경은 그 자체로 한 편의 그림이다. 테이블 위에는 섬의
진미가 가득하다. 갑오징어, 소라찜, 해삼. 도시에서는 상상조
차 하기 힘든 귀한 제철 음식들이다.

"대단한 안주네요."

섬사람들은 웃으며 답한다.

"우리는 삼겹살이 더 좋아요."

그 말에 예전에 갔던 남쪽 섬에서의 기억이 떠올랐다. 목포에
서 세 시간을 달려 도착한 섬에서 일행이 가져간 냉동 삼겹살 덩
어리 이야기다.

섬 주민들은 우리에게 정말 풍성한 상을 차려주었다. 그 싱싱한 횟감과 해산물을 대접받으며 감동하고 있을 때, 정작 주민들은 등을 돌려 앉아 말없이 무언가를 먹고 있었다. 정말 별것 아닌, 우리가 가져간 삼겹살이었다. 우리에게는 그렇게 특별한 해산물을 주고 자신들은 고작 삼겹살을 먹고 있었던 것이다. 물론 그들에겐 그게 특별식이었다. 익숙함과 흔함이 소중함을 잊게 하는 것이다.

장고도에 간 이날의 안주는 어촌계장의 아내가 손수 차려주었다. 성품만큼이나 음식 솜씨도 뛰어난 그녀는 섬의 풍미를 접시에 그대로 담아냈다. 소라찜의 쫄깃함, 갑오징어의 깊은 맛, 봄철 해녀들이 잡아 올린 해삼의 신선함은 그야말로 자연의 선물처럼 입안 가득 퍼진다. 점심상을 사진에 담는 순간, 접시 위 음식을 감싸는 창밖의 햇살이 예술처럼 빛난다.

그 순간, 술잔은 돌고 이야기는 이어진다. 흔하고 평범한 일상이 교환되며 특별함으로 뒤바뀌고, 그 속에서 소박한 행복이 피어난다.

장고도에서 그 안주를 대접받은 날이 선연하다. 부드러운 봄 햇살, 섬사람들의 따뜻한 마음, 그리고 자연이 선사한 풍미가 어우러진 축복의 순간이었다. 방갈로 안은 세상의 어떤 고급 레스토랑보다 특별한 곳이 되었다. 주민들에게도 삼겹살을 먹었던 시간이 그렇게 기억되길 바라본다.

# 섬을 지켜주는
# 낯선 일꾼들

호도

리어커 하면 호도가 떠오른다. 맞다, 여긴 호도의 선착장 옆 공사장이다. 리어커에 짐을 실으며 일하는 한 외국인의 모습이 눈에 들어온다. 그는 짐을 나르느라 분주하지만, 순간 카메라를 든 나와 눈이 마주친다. 낯선 눈빛. 그의 표정은 고단하지만, 어딘가 단단한 결의를 품고 있다. 그는 외국에서 온 노동자다. 고향을 떠나, 이국의 섬에서 묵묵히 일하는 그의 모습은 섬 풍경의 자연스러운 일부가 되었다.

우리가 식탁에서 마주하는 풍성한 해산물들은, 이제 낯선 땅에서 온 이들의 노고로 얻을 수 있는 것이 되고 있다. 우리 젊은 이들이 힘들다는 이유로 꺼리는 그 자리를 메우고 있는 그들! 섬에서의 노동은 고되다. 해풍을 맞으며, 뜨거운 햇볕 아래서 혹

은 비바람을 뚫고 일하는 그들은 우리 사회를 단단히 받쳐주는
보이지 않는 기둥이다.

그들을 보며 문득 우리의 과거가 떠오른다. 우리도 한때는 해
외 노동의 현장에서 가족들을 위해 고된 일을 마다하지 않았다.
선진국이나 사우디아라비아의 건설 현장, 먼바다 배 위에서 일
하며 고향으로 송금하던 그 시절. 오늘날 우리가 누리는 풍요는
그 힘겨운 노력의 결과였다. 이제는 우리가 그들에게 고마움을
느껴야 할 때다.

그들은 몇 년 동안 섬에서 일하며 모은 돈으로 고향에 돌아가
가족들과 함께할 행복한 삶을 꿈꾼다. 그 꿈을 이루기 위해 이국

　　　　　　　　　　　　　　1부 섬이 들려주는 교향곡

의 땅에서 고된 노동을 감내하는 것이다. 카메라를 들이밀자, 처음에는 경계하는 듯한 눈빛을 보이던 그도 이내 하얀 치아를 드러내며 웃는다. 친근함은 그렇게 서서히 만들어진다.

이 순간, 그들의 표정에서 우리의 과거를 본다. 과거의 우리와 지금의 그들, 그리고 현재의 우리는 모두 연결되어 있다. 우리가 누리는 풍요 속에 그들의 헌신이 깃들어 있다는 사실을 잊지 말아야 한다.

그들의 눈빛엔 이방인이 느낄 법한 생소함만이 아니라 삶에 대한 의지와 희망이 담겨 있다. 그 눈빛을 통해 우리가 걸어온 길과 지금의 위치를 돌아볼 수 있다.

섬의 리어커는 짐을 나르는 도구가 아니다. 그것은 가족을 위해 삶을 운반하는 그들의 무대를 상징한다. 고단한 일상에서도 희망을 잃지 않고, 묵묵히 일하는 그들의 모습에서 우리는 진정한 인간의 강인함과 연대를 배운다.

지금 이 순간, 그들의 모습을 보며 우리의 과거를 돌아보고, 현재를 감사하며, 미래를 준비해야 한다. 섬에서의 낯선 일꾼들, 그들은 우리의 과거이자 오늘, 그리고 내일을 함께 만들어가는 소중한 동반자다.

# 놀이가 된
# 노동

효자도

바람 한 점 없는 잔잔한 바다 위, 배 한 척이 선착장에 정박해 있다. 어부들은 그물과 밧줄을 손질하며 바다로 나갈 채비를 하고 있다. 반복되는 일상에도 그들의 표정은 밝고 여유로워 보인다. 그 모습을 바라보던 사진가는 충청도 사투리로 조심스럽게 말을 건넨다.

"사진 좀 찍어두 돼유?"

어부들은 고개 들어 웃으며 대답한다.

"우리가 모델 되는 규? 어떻게 하면 돼유?"

기대 이상으로 협조적인 그들의 반응에 사진가는 셔터를 누르기 시작한다. 어부들은 자연스럽게 자신들의 일에 몰입한 모습을 연출한다. 엉킨 줄을 푸는 손놀림은 더욱 세심해지고, 그물

을 꿰매는 동작에 집중도가 배가된다. 연출된 장면임에도 불구
하고, 그 안에는 진심이 가득했다.

"조금만 더 고개를 숙이구요."

"이렇게유? 잘 나오겠슈?"

몇 장의 사진을 찍고 나서야 "좋아유, 됐슈!"라며 마무리를 알
린다. 사진을 확인한 어부들은 자신들의 모습에 만족한다.

"오메, 이게 우리유? 이러다 영화배우 되겠슈!"

농담과 웃음 속에서 대화가 이어졌다.

"작가님은 참 재밌게 사진 찍네유."

"사실 우리도 일이라기보단 놀이라면 놀이지유. 이렇게 얽힌
줄 푸는 것도 퍼즐 맞추는 것 같아유."

어부들의 대답에 사진가는 묵묵히 고개를 끄덕였다. 사진을 찍는 동안, 반복적인 노동은 흥겨운 놀이로 바뀌었다. 어부들은 카메라 앞에서 배우처럼 열중했고, 사진가는 그 순간을 진심으로 담아냈다. 그날의 현장에선 어부들이 흥얼거리던 노랫가락과 셔터 소리가 하나로 어우러지며 흥겨운 장면이 연출됐다.

이 사진은 효자2리 달력 프로젝트의 일환으로 찍은 것이다. 어부들은 달력에 실린 자신들의 모습을 보며 흐뭇해했다. 달력을 선물하자,

"이게 모델료쥬, 뭐!"

한다.

그들의 일상이 사진 속에 담겨, 한 해를 함께하는 특별한 선물이 되었다.

잔잔한 바다, 바다로 나갈 채비를 하던 배 그리고 사진을 통해 놀이처럼 바뀐 노동. 반복되는노동은 때로 지루할 수 있다. 하지만 그것을 놀이처럼 즐길 수 있는 마음가짐은 삶을 더 풍요롭게 만든다. 어부들과의 짧은 대화와 사진 촬영은 그 자체로 놀이였고, 모두에게 작은 즐거움을 주었다.

일을 놀이처럼.

효자 2리에서의 하루는 그렇게 추익된다.

# 해는 저물고,
# 어부는 말이 없고

효자도

어느새 해가 저물고, 바다는 고요하다.

방파제에서 사진을 찍고 힐끔 돌아보니 한 어부의 뒷모습이 보인다. 몹시 분주하다. 긴 그물을 손질하느라 시간 가는 줄도 모른다. 저 멀리 희미하게 켜진 가로등이 하루의 끝을 알리고 있건만, 그의 손놀림엔 끝이 보이지 않는다.

그의 배는 얼마나 클까? 어떤 고기를 잡을까? 몇 명의 동료와 함께 바다로 나갈까? 까맣게 그을린 목덜미와 거친 손놀림, 그리고 묵묵히 일하는 뒷모습에 그를 향한 많은 궁금증이 솟아나고 자연스레 상상하게 된다. 그가 살아온 길, 오늘의 고단함, 내일의 바다를 향한 기대.

그런데 내가 다가가는 줄도 모르고 일에 열중하는 저 남자,

자세히 보니 아는 사람이다. 효자도의 민박집 주인이자 전 이장. 그의 집은 처음 효자도를 찾았을 때 머물렀던 곳이다. 몇 번을 가도 늘 그 집을 찾는다. 호도에서 박정만 어촌계장 댁만 찾는다면, 효자도에선 전 이장님 댁이다. 이 섬에 방문할 때면 루틴과도 같이 그의 민박집으로 간다. 얼마나 반가운지.

마침내 고개를 들어 그가 나를 본다. 해가 저문 어스름한 시간, 고개를 들어 마주한 그의 얼굴은 반가움으로 가득하다. 그을린 얼굴, 무심했던 표정이 해맑은 미소로 바뀐다. 섬사람들에게 느끼는 반전의 묘미랄까. 무뚝뚝한 사람이 불쑥 지어 보이는 밝은 미소는 마치 아침 햇살처럼 환하다. 그의 뒷모습은 차분한 섬사람을 대변하지만, 얼굴을 돌려 보여주는 미소는 친근하고 인

1부 섬이 들려주는 교향곡

간적인 따스함을 담고 있다.

어부이자 민박집 주인인 그는 나처럼 일에 몰두하는 사람이다. 나는 사진과 글, 사람들과의 만남 속에서 살아가고, 그는 그물과 바다 그리고 섬에서 자신의 삶을 이어간다. 하는 일은 다르지만, 일 속에서 열정을 찾는다는 점에서는 같다. 말하자면 그의 뒷모습은 삶의 모양을, 미소는 그의 내면을 보여준다.

어부의 모습에서 내 삶을 발견하면서 결국 묻게 된다.

'나는 무엇으로 사는가?'

이에 정답을 내릴 수는 없겠지만, 한 가지 분명한 건 우리 모두의 삶도 어부의 그물 손질과 비슷하다는 점이다. 반복되는 일상에서도 손을 멈추지 않고 하루하루를 살아내는 것. 어부의 뒷모습은 우리의 삶과 닮아 있다.

# 경계를
# 허물고

녹도

섬 사진 작업을 위해 찾았던 그날은 평범하면서도 특별한 하루였다. 편삼범 선생이 도의원이 되기 전의 일이다. 섬 구석구석을 안내하며 마을과 섬사람들의 이야기를 들려준 그. 이래도 되나 싶을 정도로 다정했다.

그날 나를 가장 사로잡은 장면은 녹도 발전소장의 모습이었다. 발전소장이 마을 사람들의 짐을 직접 실어 나르고, 어르신들을 선착장에서 집까지 데려다주고 있었다. 섬마을에서 더러 볼 수 있는 정겨운 풍경이었지만, 이날은 특별한 의미로 다가왔다.

배려 깊은 손길과 잔잔한 대화 속에 나는 발전소장의 차를 얻어 탔다. 뒤 칸에 앉아 마스크 너머로 흐릿한 얼굴을 보며, 편 의원과 발전소장의 이야기를 배경음처럼 흘려듣고 있었다. 그런

데 갑자기 귀를 쫑긋 세우게 하는 한 마디가 들려왔다.

"승휴야!"

낯선 바다 위에 던져진 물수제비처럼, 마음 깊숙이 파문이 일었다. 나는 고개를 들었다.

그는 녹도 발전소장 이순형이었다. 인사까지 하고서도 서로를 알아보지 못하다가 그제야 누구인지 알아챈 것이다. 아무리 마스크를 끼고 있어도 그렇지, 정말 둘 다 너무했다.

더욱이 학창 시절, 그가 군 복무를 했던 곳이 바로 우리 마을이었다. 그의 누이가 우리 마을 총각과 결혼을 해서, 그는 군 생활 동안 그곳을 오가며 자연스럽게 내 사춘기 시절을 함께했다. 편 의원이 섬에 온 작가 이야기를 꺼내며 대화 주제가 나로 바뀌었을 때, 형님은 그 이름에서 나를 떠올린 것이다.

나는 마스크를 벗고 얼굴을 마주했다. 순간, 우리는 기분 좋게 웃으며 오래된 기억을 공유했다. 세월이 흘렀어도 그리움 속에 남아 있던 이름과 얼굴이 다시 이어졌다. 형님은 공직 생활을 마치고 녹도로 부임한 이후, 발전소장으로서의 일뿐만 아니라 섬 주민들과 함께 살아가는 자신의 이야기를 들려주었다.

도서 발전소장은 섬의 자가 발전을 책임지는 역할을 한다. 하지만 발전소장이 마을 사람들을 선착장에서 집까지 태워다주는 일은 흔치 않다. 형님은 그 역할을 자처하고 있었다. 단순한 직무 수행이 아니라, 마을의 일원으로 살아가며 자연스럽게 공동

외지인이었던 발전소장이 섬마을의 일원이 돼
짐을 실어 나르고 어르신을 도우며 경계를 허물었다.

체에 스며들어 있었다.

섬에서 외지인이 정착한다는 것은 보통 일이 아니다. 섬사람들의 일상에 자연스럽게 녹아들기 위해서는 노력 이상의 진심이 필요하다. 그는 자신의 역할을 넘어, 섬의 일부가 되어 있었다. 짐을 실어 나르고, 어르신을 돕고, 주민들과 함께 생활하며 그 경계를 허물고 있었다.

원주민과 외지인 사이에 형성되는 그 보이지 않는 경계를 형님은 따뜻한 배려와 몸소 보여주는 진심으로 허물어가고 있었다. 그는 섬에 새로운 에너지를 불어넣고, 주민들과 조화를 이루며 아름다운 공존을 실현해가고 있었다. 섬이 단순히 바다로 둘러싸인 공간이 아니라, 그 안에 살아가는 사람들이 만들어가는 특별한 세계임을 직접 보여주고 있었다.

녹도를 떠나며 나는 그의 이야기를 사진 한 장에 담았다. 섬 사진을 찍기 위해 왔던 나는 그 풍경 속에서 더 값진 보물을 발견했다. 자연 속에 스며든 그의 삶, 그리고 섬사람들에게 보여준 따뜻한 마음.

섬은 아름답다. 하지만 섬을 특별하게 만드는 것은 그곳에서 살아가는 사람들이다. 형님과의 재회는 그날의 섬을, 그리고 내 마음을 더욱 풍요롭게 물들였다.

# 고맙다는 말

장고도 · 명장섬

장고도는 내게 여러 가지로 의미가 깊은 곳이 지만, 그 의미 가운데 한 사람을 빼놓을 수 없 다. 편삼범 의원이다.

장고도의 이색적인 점 하나는 하루 두 번 바닷길이 열린다는 것이다. 간조 때 신비의 바닷길이 열려 자갈길이 나타나 명장섬 까지 이어진다. 마치 바다를 갈랐다는 성서 속 이야기 같은 광경 이 펼쳐지는 것이다. 이 덕분에 명장섬 너머로 펼쳐지는 일몰의 절경을 감상할 수 있다.

이런 신비로운 장고도로부터 명장섬으로 가는 길목에서 편 삼도 의원과 기념하여 사진을 찍었다. 장고도는 내가 처음으로 보령 섬 촬영을 시작했던 곳이고, 그 순간 곁에 있었던 편 의원

이 촬영을 적극적으로 지원하며 섬사람들을 연결해주었기에 기념할 만한 가치가 있다.

그는 당시 도의원 출마 준비 중이었고, 고향인 장고도를 사진으로 담아낸다는 나의 작업에 고마움을 표현하며 적극적으로 도왔다. 단순히 촬영 안내자에 그치지 않고, 이후에도 보령의 여러 섬 촬영에서 이장과 어촌계장 들을 소개해주었다. "한때는 카메라 보조였다"는 농담을 나눌 정도로 우리는 친밀한 관계가 되었다. 그 신뢰는 지금도 여전하다.

그는 어촌계장으로 시작해 도의원이 된 입지전적인 인물이다. 섬을 사랑하고, 섬의 발전을 위해 애쓰는 그의 열정엔 직함만으로는 설명할 수 없는 깊은 애정이 담겨 있다. 당시 나는 건

강상의 이유로 금식 중이라 기운이 없었지만, 그의 헌신적인 도움 덕분에 촬영을 무사히 마칠 수 있었다.

장고도의 명장섬은 사진에서 일부만 드러난다. 섬의 아름다움은 말로 설명하기보다는 직접 찾아가 보고 느껴야 할 가치가 있다. 이 사진은 그 아름다움을 비밀스럽게 간직하며 방문자들에게 직접 경험하라는 메시지를 남긴다.

그날은 드론에 대한 기억으로 남아 있기도 하다. 섬에서 드론을 날리다 추락하는 일이 있었다. 섬을 사진으로 기록하겠다는 그 야심찬 시작에 드론 실종 사태가 벌어진 것이다. 익숙하지 않은 섬 지형을 감안하지 않고 의욕만이 하늘을 찔러 드론을 잃어버리고 막막해하던 그때 편 의원은 드론을 찾기 위해 함께 섬을 누볐다. 그 사건은 우리 사이의 유대감을 더 깊게 만들었다. 지금도 만나면 "드론은 잘 있슈"라고 웃으며 안부를 묻는다. 그에게 섬은 단지 고향이 아니라, 그 속에서 살아가는 사람들과의 연결을 의미하는 곳이다.

장고도는 섬이고, 섬은 그 자체로 특별하다. 그러나 그 안에서 만난 섬사람들, 특히 편삼범 도의원 같은 인물은 그 특별함에 더 깊은 의미를 부여한다. 섬의 풍경과 사람의 이야기가 함께 얽혀 만들어진 이 기록은 나에게 보령 섬을 더욱 의미 있는 공간이 되게 해주었다.

# 섬마을 선생님,
# 학교로 돌아오다

녹도

녹도의 꼭대기, 한적한 길을 따라 올라가면 넓은 마당이 있는 오래된 건물이 나타난다. 처음 그곳에 발을 들였을 때, 따뜻한 미소로 맞아주던 한 분이 계셨다. 거실로 초대해 과일과 커피를 대접받으며 이야기를 나누다 보니, 자연스럽게 그분의 지난날로 대화가 이어졌다.

"이 학교에 처음 부임했을 때가 생각나네요. 젊었을 땐 이곳이 참 낯설었어요."

그분은 섬마을 선생님이었다. 아이들을 가르치며 외로움 속에서도 묵묵히 자신의 역할을 해내던 청년 시절, 섬 처녀였던 지금의 아내를 만나면서 이곳이 그의 진정한 고향이 되었다고 했다. 부임 당시에는 몇 년만 머물고 떠나리라 마음먹었지만, 아내

와의 인연이 그의 삶을 녹도에 뿌리내리게 했다.

시간이 흘러 학교는 문을 닫고 방치되었지만, 뜻밖의 기회로 그 학교를 다시 구입할 수 있었다. 부부는 정성을 다해 학교를 복원하기 시작했다. 몇 해의 노력이 지나자, 유치부와 초등학생들이 다시 뛰노는 학교가 되었다. 섬마을의 한적했던 공터에선 이제 아이들의 웃음소리가 들려온다.

"여기서 아이들 소리를 들으니 그 시절이 떠오르네요. 제가 처음 이곳에 와서 가르치던 아이들… 이제 모두 어른이 돼 어딘가에서 치열하게 살아가고 있겠죠."

그 시절이 그대로 눈앞에 펼쳐진 듯 그의 말은 회상과 감격에 젖어 있었다.

학교가 다시 문을 열게 된 데는 또 한 사람의 역할이 있었다. 당시 재직 중이던 김영화 보령 교육장이 바로 그 주인공이었다. 놀랍게도, 그는 학교 주인인 선생님의 제자였다.

그는 스승과 학교를 되살리기 위해 뜻을 모았다. 김 교육장은 섬 아이들에 대한 사랑과 관심이 남달랐다. "열악한 환경에서 자라는 아이들에게 꿈과 희망을 주고, 육지에서의 경험도 넓혀 줘야 합니다"라고 늘 강조하던 그였다. 그 결과 청파초등학교의 녹도분교로서 재탄생해 다시 섬 아이들을 불러들일 수 있었다.

지금도 그곳은 바다와 솔숲, 아이들의 웃음으로 가득하다. 과거의 외로움은 아내와의 사랑으로 채워졌고, 학교는 추억과 새로운 이야기가 공존하는 공간이 되었다.

그날의 대화와 풍경은 마치 노래 〈섬마을 선생님〉의 가사처럼 마음에 여운을 남겼다. 한때 외로움 속에서 아이들을 가르치던 선생님이, 이제는 아내와 함께 아이들의 웃음 속에서 평화를 누리고 있는 모습. 그것은 단순한 귀촌 이상의 의미를 담고 있었다. 과거와 현재가 하나로 이어지는 그곳에서, 새로운 행복이 피어나고 있었다.

그들이 함께 만들어낸 이 섬의 이야기가 〈섬마을 선생님〉 노래처럼 오래도록 누군가의 마음을 따뜻하게 물들이면 좋겠다.

# "열중할 게 있으면,
그게 바로 행복이유"

효자도

잔잔한 바닷가, 햇살을 피해 완전 무장한 여인
이 스마트폰을 들고 있다. 긴 모자 끝자락이 일
본 병사의 복장을 연상시키지만, 이 장면의 진짜 주제는 복장이
아니다. 그녀의 몰입과 집중이 만들어내는 순간이다. 스마트폰
은 바다를 향하고, 그녀는 그곳에 담긴 이야기를 차분히 기록하
고 있다.

뒤편으로는 바다가 펼쳐지고, 지나가는 배들의 소리가 평화
로운 이곳 풍경에 활기를 전해준다. 주황색 천막은 바다를 즐기
는 사람들에게 쉼을 제공하고, 굵은 나무 밑둥은 그늘을 드리우
며 여유를 더한다. 이 모든 풍경 속에서, 몰입한 그녀의 모습은
우리에게 조용히 속삭인다.

'평범한 순간조차 몰입하면 특별해진다.'

오후 서너 시 무렵. 그림자가 길게 드리워지고, 선착장으로 향해야 할 시간이 다가오고 있다. 그녀는 여전히 집중하며 주변의 소란과 무관하게 사진에만 몰두하고 있다. 건너편 아스라이 보이는 섬과 그 너머의 산들은 사색을 불러일으키며 이 순간에 깊이를 더해준다.

이곳의 섬사람들이라면 이렇게 물었을 것이다.

"뭘 그리 열중하슈?"

여행객이 어떤 대답을 한다면 다시 이렇게 회답했을 것이다.

"열중할 게 있으면, 그게 행복이유."

실제로 내가 섬을 다니며 사진을 찍는 동안 들었던 말들이다. 짧고 평범한 듯 들리는 말 속에는 섬사람들이 가진 삶의 태도가 담겨 있다. 바쁜 도시와는 다른 느린 속도, 그러나 진솔하고 충만한 몰입의 힘. 이들의 삶은 단순해 보이지만, 그 속에는 삶을 풍요롭게 만드는 비결이 숨어 있다.

그래서 이 장면은 단순하지 않다. 몰입이란 우리의 일상 속에서 세상을 새롭게 보게 하고, 평범한 풍경도 특별하게 만든다. 몰입하는 순간, 우리는 시간과 공간을 넘어 더 깊은 곳으로 연결된다.

그녀의 몰입처럼, 섬사람들이 아무렇지도 않게 던지는 말들처럼, 우리가 매 순간 조금 더 집중하고 열중할 수 있다면, 세상은 지금보다 훨씬 더 풍요롭고 아름다워질 것이다.

"열중할 게 있으면, 그게 행복한 규."

섬사람의 삶을 대변하는 듯한 이 짧은 문장 속에서, 그 몰입을 직접 보여준 여인의 모습 속에서 나는 다시 한번 행복의 진정한 의미를 발견한다.

1부 섬이 들려주는 교향곡

# 나는
## 삐에로!

장고도

 

때때로 내가 삐에로 같다는 생각을 한다. 섬에 도착해 주민들과 어우러져 사진을 찍다 보면, 나는 그 어느 때보다 밝고 유쾌한 분위기로 사람들과 어울린다. 내 앞에 있는 사람은 나의 거울이다. 내가 웃고 즐거워하면 그들도 웃고 즐거워하며, 반대로 그들이 웃고 즐거워하면 나도 행복해진다. 웃는 얼굴은 긍정의 상징이며, 좋은 에너지를 만들어낸다. 파마머리에 콧수염, 때로는 맨발로 사람들을 대하는 이유도 그 때문이다. 부담 없이 다가가고, 쉽게 말을 걸 수 있도록 내 모습을 희극적으로 꾸민다. 그러면 시선을 끌고 좀 더 다가가기 쉬워진다.

삐에로 모습을 한 사진가는 사진의 힘을 안다. 사진을 찍어주는 일은 그 사람에게 최고의 선물일 뿐 아니라, 그와 가까워질 수 있는 방법이다. 사진 속에 담긴 그 순간은 단순한 이미지가 아니라 교감과 소통이 담긴 매개체이기 때문이다.

이런 일이 있었다. 코로나 시국에, 나는 자주 섬으로 향했다. 섬사람들은 마스크를 쓰고 있지 않았다. 그 모습을 보고 나도 마스크를 벗었다. 그러자 한 아주머니가 말했다.

"지금이 어느 땐디 마스크도 안 써유. 클랄 사람이네."

그 말을 듣고, 재빨리 마스크를 썼다. 아주머니의 말에는 분명 경계심이 담겨 있었다. 섬사람들은 마스크를 쓰지 않았지만, 이방인은 다르다는 거였다. 그 말이 옳았다. 외부인으로서, 섬 주민들에게 불편함을 주지 않기 위해 마스크를 쓰는 것이 당연했다.

며칠 후, 마을을 다니며 주민들의 사진을 찍을 기회가 생겼다. 예의 그 아주머니에게 사진을 선물로 드렸더니 환하게 웃으며 내게 말을 건넸다.

"섬엔 코로나 없슈!"

그 순간, 그분이 나를 섬 주민처럼 대하기 시작했다는 걸 알았다. 마스크 착용 여부는 낯선 이방인에 대한 경계일 뿐이었다. 아무리 친근하게 다가와도 외부인에게는 기본적으로 경계심을 보이지만, 사진을 통해서 마음이 열리자 경계가 허물어진 것이다. 코로나 시기, 마스크를 착용한 상태에서도 사람들과의 교감은

가능했다.

사진 한 장으로 가족처럼 받아들여진 순간, 나는 삐에로 역할의 힘을 실감했다. 사람들에게 다가가고, 그들의 마음을 열게 하며, 작은 순간을 통해 큰 교감을 나눌 수 있다는 것이 '삐에로'의 본분 아닌가.

물론 보기만 해도 웃음이 나는 삐에로일지라도 사람들에게 다가가고, 그들의 이야기를 듣고, 사진으로 그 순간을 담는 일은 결코 가볍지 않다. 그것은 진정한 소통의 과정이며, 나와 그들의 마음을 연결하는 다리다. 이날의 경험을 통해, 나는 삐에로의 정신과 사진의 힘이 만났을 때 어떤 효과를 내는지 다시 한번 깨달았고, 이후로도 편안하고 즐거운 모습으로 사진의 대상들에게 다가가기로 했다. 꼭 섬이 아니어도 마찬가지다. 내가 다니는 곳엔 요양원도 있고, 데이케어 센터도 있다. 지정된 장소에 머물러야 한다는 점에서 그곳도 어찌 보면 섬이다. 그분들에게도 단조로운 일상에 웃음을 주고, 마음의 경계를 허무는 삐에로가 될 수 있을 것이다.

2부

섬에서 온
초대장

# 소리의
# 여행

장고도

장고도로 가는 뱃길은 역동적이었다. 큰 파도
가 뱃전을 때렸다. 통통거리는 뱃소리와 파도
소리는 한데 어우러져 내내 내 귓전을 울렸다. 섬 모습이 장구를
닮아 '장곰'이라고도 불리는 장고도와 참으로 잘 어울리는 소리
들이었다.

섬에 도착해 작업실에 이르니 창틀 사이에 놓인 라디오가 보
였다. 중고로 구매해놓은 라디오였다. 순간, 오는 내내 내 눈과
귀를 자극했던 파도 소리와 그 광경이 라디오와 겹쳐졌다. 베토
벤 교향곡을 연상시키는 그 거친 파도 소리가 라디오가 놓인 창
틀의 풍경에 침범하더니 하나가 된다. 나는 그저 낡은 라디오를
바라보고 있을 따름인데, 과거가 된 소리가 다가와 시각과 호응

2부 섬에서 온 초대장

한다. 감각이 어우러져 마치 신선한 과일 향이 나는 와인 한 잔
을 마시고 있는 듯한 느낌을 준다.

　라디오를 켰다. 한 방송 채널이 잡히면서, 금세 작업실 안이
옛 유행가로 가득 찬다. 나는 이제 마음속 깊은 곳의 기억을 끄
집어낸다. 감각이 과거와 현재를 오가며 교감하는 것이다. 오래
된 라디오에서 흘러나오는 옛 유행가는 과거와 현재를 잇고, 그
멜로디를 타고 나의 감각도 과거와 현재를 오가며 교감한다.

　이 소리에 대한 이야기를 하노라면 오디오 마니아인 친구가
떠오른다. 그의 집엔 현장의 소리를 그대로 담아내는 고급 오디

오 장비가 가득하다. 때로는 오래된 LP에서 나오는 '지직'거리는 소리가 나는 음악을 들려주기도 한다. 친구는 귀 기울이고 눈을 감는다. 그에게 이것은 어떤 최신 음악보다 훨씬 큰 감동을 준다. 음향 시스템이 들려주는 다양한 소리의 깊이를 느끼며, 그는 차별화된 즐거움에 빠지게 된다.

내가 섬을 방문하는 이유 중 하나가 바로 이 소리의 여행 때문이기도 하다. 눈으로만 보는 것과는 달리 소리에 가만히 귀 기울이면 자연을 더 넓게 체험하게 된다. 섬엔 실로 다양한 소리가 있다. 바다의 물결, 강한 바람, 통통배 엔진의 울림은 오랫동안 합주를 해온 듯 조화롭기 그지없다. 잔잔한 바다, 성난 파도가 있는 바닷가, 꽃잎이 해변을 수놓은 봄날 향긋한 꽃내음까지 더해지면 도시에서는 결코 경험할 수 없는 감각의 잔치가 벌어지는 것이다.

섬의 노을이 바위 벽면을 비추는 동안 중고 라디오에서 흘러나오는 노래를 듣는 것은 어느 순간 명상이 된다. 말로 표현하기 어려운 깊은 감정이 요동친다.

내가 라디오 명상에 젖어 있는 동안 드론은 날아다니며 섬 이곳저곳을 다양하게 촬영한다. 후에 나는 다시 그 촬영분을 보며 파도 소리와 바닷바람과 배의 엔진음, 그리고 라디오에서 흘러나오던 옛 노래를 회상할 것이며, 그때 자극되었던 감각과 감흥은 절로 되살아나 나를 순식간에 그 섬으로 데려다놓을 것이다.

# 버려진 사물과
# 자연의 대화

외연도

바닷가에 길 잃은 판자와 그 위를 휘감은 넝쿨. 처음에는 단지 어떤 사물이 버려진 풍경으로 보였지만, 그 조화는 묘한 긴장감과 생명력을 품고 있었다. 넝쿨은 판자를 감싸며 마치 오래전부터 그를 기다렸던 것처럼 보인다. 오랜 시간 그 자리에 머물며 서로의 존재를 받아들였고, 이제는 하나가 되어 이야기를 만들어가고 있다.

판자는 숱한 바람과 비를 견디었을 텐데도 모양과 색이 제법 어엿했고, 그 틈새에 자리 잡은 넝쿨의 잔뿌리는 세월이 지나며 생명을 새겼다. 사람의 손에서 버려진 판자가 이제 자연의 손에 의해 다시 살아나고 있다. 넝쿨은 그 위로 잎을 내밀고, 끝임없이 뻗어나가며 샘솟는 물길 같은 생명력을 보여준다. 이 조용한

2부 섬에서 온 초대장

풍경은 단순히 버려진 물체와 자라는 식물의 만남이 아니다. 시간과 생명의 흔적이 공존하며 우리에게 무언가를 이야기하려 한다.

이 장면을 보며 떠오른 것은 고흐의 유화 〈구두〉였다. 고흐의 화폭 속에서 낡고 해진 구두는 단순한 사물이 아니라, 고단한 노동자의 삶을 담은 이야기였다. 넝쿨과 판자도 마찬가지다. 이 둘은 누구의 주목도 받지 못하고 버려진 듯 그곳에 있지만, 이에 아랑곳없이 새로운 생명을 피워내고 자신들만의 이야기를 세월에 새겨 넣고 있다. 고흐의 〈구두〉가 인간 삶의 무게와 노동의 흔적을 보여줬다면, 넝쿨과 판자는 자연 속에서 잊히지 않는 생명의 연속성을 드러낸다.

바닷가는 사물들이 모여들어 자신들의 이야기를 풀어내는 무대와도 같다. 이 사진을 찍기 전, 바닷가에서 발견한 낡은 장화를 떠올렸다. 넝쿨과 판자가 자연의 손길을 보여주며 새로운 존재로 변화되고 있듯이 그 장화도 인간의 흔적을 넘어선 자신만의 이야기를 만들어낼까? 단지 바닷물과 바람과 햇빛에 삭기만 하는 것이 아니라 그러기를 바라게 된다. 바닷가에서 서로 다른 존재들이 만나 자연스레 얽히고, 서로를 품으며 새로운 관계를 만들어내는 광경이 나와 같은 이들에게 어떤 감흥을 불러일으키듯이 장화도 그런 존재가 된다면 좋겠다.

낡고 버려졌다고 끝난 것이 아니다. 그 안에서 다시 피어나는 생명과 시간의 조화가 숨어 있다.

이 사진은 사물의 재현이 아니라, 자연이 살아가는 방식을 보여주는 이야기다. 버려지고 낡았지만, 여전히 존재하는 것들의 대화 속에서 우리는 지나치고 잊어버린 것을 발견한다. 이런 사진은 단지 아름다움에 대한 추구가 아니라 자연의 역동성, 자연의 일부인 인간 삶의 이치를 표현한다.

더욱이 이곳은 외연도였다. 보령 섬들 중에서 육지와 가장 먼 섬, 태고의 신비가 서려 있는 섬, 꽃보다 아름다운 섬 등으로 불리는 곳이다. 여객선으로 두 시간을 가야 닿을 수 있는 이곳엔 천연기념물로 지정된 수령 500년의 외연도 상록수림이 하늘이 보일지 않을 정도로 빽빽하게 자리 잡고 있다. 이런 배경을 두고 있었기에 더욱 인간의 손길이 닿지 않는 듯한 넝쿨과 판자가 마치 내게 말을 거는 듯, 큰 생명력으로 다가왔다.

# 이런 내가
# 좋아

녹도

녹도에서 폐교가 수리되고 있을 때의 일이다.

나는 고추를 재배하고 수확해 말린 평상 옆에서 드론을 날렸다. 고추를 말리는 장면이나 학교 전경을 찍으며 학교 선생님과 섬 곳곳을 다녔다. "언제든 오시면 2층 교실은 백 작가님 겁니다"라고 호쾌하게 말씀해주셨는데, 사실 나는 그날 큰 것을 잃었다.

물아일체物我一體, 자신을 초월해 대상과 하나가 되는 몰입의 경지. 이런 삶을 좋아한다. 섬 사진을 찍으며 경험하는 몰입은 작업 이상의 의미로 남을 때가 많다. 드론은 이 몰입을 연장시키는 도구다. 섬을 하늘에서 내려다보며 그곳의 매력을 온전히 담아낼 때, 비로소 섬의 본질을 드러낼 수 있다고 믿는다. 지금까

지 서너 대의 드론이 바닷속으로 사라졌다.

"고사를 지냈다"라고 위안 삼으며 긍정적으로 받아들이지만, 몰입의 순간에는 실패가 따를 수 있다. 그 실패는 나를 더 나아가게 한다. 몰입의 또 다른 장점은 실패조차도 의미 있게 느껴지게 만든다는 점이다.

드론 숏으로 종종 나 자신을 찍는다. 드론의 시선 속에서 화면을 바라보며 자세를 취할 때, 나 자신도 놀랄 때가 있다. 화면 속의 내가 완전히 몰입한 상태에 있다. 주변의 소음, 바람, 시선 따위는 전혀 신경 쓰지 않고 작업에만 몰두한다. 그런 내 모습은 신기하기도 하고, 마음에 들기도 한다. 몰입은 나를 객관적으로 바라보게 하는 거울과 같다.

내 삶의 몰입에 대해 아내는 종종 이렇게 말한다.

"당신은 항상 무언가에 빠져 있었지요."

그 말은 사실이다. 어린 시절부터 사람, 관계, 일에 몰입하며 살았다. 모임에 가입했을 때도, 섬 사진을 찍으며 떠돌 때도 늘 몰입해 있었다. 돌이켜보면, 장소를 찾는 이유조차 몰입할 수 있는 환경을 본능적으로 추구했기 때문일 것이다.

기차 안이나 배 안에서도 멍하니 있지 않는다. 노트북을 꺼내 글을 쓰거나 생각을 정리한다. 이 모든 과정은 더 나은 생각을 만나기 위한 나만의 방식이다. 몰입의 진정한 가치는 '유레카'라고 생각한다. 몰입 속에서 탄생하는 아이디어와 통찰, 혹은 깨달음. 그것들은 어디에나 있지만, 몰입하지 않으면 지나쳐버릴 수도 있다. 성현들이 산책하며 사유했던 것처럼, 나의 몰입은 나만의 유레카를 만들어준다.

섬 사진을 찍으며 자연과 하나가 되는 몰입을 자주 경험한다. 리어커가 있는 섬 집 앞에서 주인의 성격을 상상하거나, 바닷가의 색감으로 섬의 정체성을 추측하는 순간들. 몰입 속에서 세상은 더욱 풍요로워진다. 세상과 내가 하나로 연결되는 느낌, 그것이 바로 물아일체다.

몰입이 없다면 쉽게 무료함과 권태로움에 빠질지도 모른다. 주변에서는 가끔 이렇게 조언한다.

"가만히 있어보세요. 아무것도 하지 않는 상태에서 평온을 느꺼보세요."

　일리 있는 조언이지만, 나는 움직이고, 뭔가를 하는 현재진행형의 삶을 더 사랑한다. 몰입은 삶의 진정성을 느끼게 한다. 그것은 결과가 아닌 과정의 즐거움, 오롯이 나 자신으로 존재할 수 있는 힘을 준다. 몰입은 단순한 집중을 넘어선다. 나와 세상을 연결하며 삶에 더 깊은 의미와 가치를 부여한다. 진행 중인 나, 몰입 속에서 살아가는 나. 그것이 내게 진정한 자유와 행복을 준다.

# 시간을 품은
# 흔적들

### 외연도

어느 날 외연도의 해변을 걷다 우연히 유목을 발견했다. 트럭에 실어 와 내 작업실인 '빽방앗간' 벽에 걸어두니 더할 나위 없이 잘 어울렸다. 반쯤 껍질이 벗겨진 그 나무는 오랜 시간 바닷물에 잠겨 단단해진 듯 보였고, 어디서 자라난 나무인지, 어떤 이야기를 간직하고 있을지 상상하게 했다. 그 생각의 과정이 유목과 나를 더 가깝게 이어주었다.

유목뿐이 아니다. 해변에 밀려온 여러 물건들은 종종 사람과 만나면서 이야기를 품는다. 안 그러면 단지 바다 쓰레기에 불과한 존재가 된다. 섬 주변 바위틈에 끼어 있는 낚싯바늘이나 바닷물에 휩쓸려 온 밧줄 역시 그러하다. 그날 나는 카메라를 들고 해안가에서 피사체를 찾고 있었다. 빛을 받아 반짝이는 낚싯바

늘이 눈에 들어와 셔터를 눌렀고, 가까이 다가가니 바위틈에 옴 짝달싹 못 하고 끼어 있는 밧줄 더미가 보였다.

이들은 어떤 사연을 가지고 이곳에 도달했을까? 어부가 버렸 을 수도, 파도에 휩쓸려 떠밀려 왔을 수도 있다. 쓰레기처럼 보 일 수도 있지만, 사진으로 남긴 이상 유실물 이상의 의미를 지닌 다. 그것들은 인간의 흔적이자 섬과 관계를 맺으며 자연 속에 흔 적으로 남겨진 존재들이다. 낚시 도구들은 사람의 필요에서 비 롯되었지만, 이제는 섬의 일부로 자리한다.

이 흔적들을 '흔적'이라는 관점으로 바라본다면, 단순히 버려 진 물건이 아닌 섬과 사람의 만남이 남긴 기록이다. 낚싯바늘은 과거 사람이 바다와 상호작용했던 순간을 암시한다. 섬은 사람들 을 끌어들이고, 그들로 하여금 자연 속에서 삶을 이어가게 했다.

이 물건들은 사람에게는 쓰레기일지 몰라도, 섬은 그들을 받아 들여 자연에 동화시키기 시작한다. 바닷물에 씻기고, 바람에 닳 아가며, 점차 자연의 일부가 되어가는 이 사물들은 이제 유실된 사물이 아니라 섬이 사람을 기억할 수 있도록 해준다. 바위틈에 박혀 바람과 물에 씻겨가는 이 사물들은 섬의 고요함 속에서 인간 의 행위를 간직한 채 자연과 사람의 이야기를 함께 이어간다.

사물이 자연과 이러한 소통을 나누었기에 나와도 인연을 맺 었다. 바다에서 만난 물건들에게 어떤 시간을 지나와 지금은 어 떻게 그곳에 있느냐고 말을 걸고 싶어지고, 결국 카메라를 들게

2부 섬에서 온 초대장

되는 것이다. 때로 내 방앗간에 걸린 유목처럼 더욱 깊은 인연을 맺게 되는 물건도 있다. 여전히 섬 곳곳에 있을, 사람의 흔적을 담고 있는 사물들이 고유한 자신만의 이야기를 계속해 만들어 가길 바라본다.

# 사슴의 섬,
# 언덕 위 골목에서

녹도

섬의 집들은 지붕이 낮다. 그래서 섬의 주택가가 비슷한 풍경일 것만 같지만 꼭 그렇지만은 않다. 호도와 녹도, 마주 보는 두 섬은 각기 다른 매력을 갖고 있다. 호도는 평지가 대부분이라 단정하고 차분한 느낌이라면, 녹도는 언덕과 골목이 만들어내는 입체적인 풍경이 있다. 녹도의 언덕을 오르다 보면 좁고 구불구불한 골목길이 이어지고, 길 위로 얼기설기 전깃줄이 하늘을 가로지르며 집과 집을 이어준다. 지붕 위엔 동아줄이 단단히 묶여 있는가 하면, 바람을 견디기 위한 돌덩이가 얹혀 있기도 하다. 섬으로 불어오는 바람이 얼마나 대단한지 기억하는 지붕의 모습들, 그것은 섬사람이 자연과 어떻게 함께 살아가는지를 보여준다.

언덕 위에서 바라본 마을 풍경은 더없이 멋지다. 아스라이 뿌옇게 보이는 먼 산, 그리고 저편에는 바다를 내려다보는 집들. 그 너머엔 무엇이 있을까 궁금해진다. 구부러진 골목을 따라 걷다 보면, 어쩐지 반가운 얼굴을 만날 것만 같아 설레진다. 이런 풍경은 마치 오래전 이 섬에 살았을 소녀와 소년을 상상하게 한다. 골목 저편에서 몰래 만나 마음을 나누는 섬 소녀와 섬 소년의 설레는 마음이 전해지는 듯하다.

길을 물으면 섬사람들의 독특한 화법이 흥미롭다.

"저쪽으로 가다가 전봇대 있는 집 지나 개가 짖는 집 우측으로 쭉 올라가면 김가네 집이 있슈."

"머리통 큰 애가 빼꼼히 얼굴 내밀고 지나는 이를 보는 집을 지나…"

길 자체는 복잡하지 않아도 설명은 끝없이 이어진다. 이런 길 안내가 부정확하게 들릴지도 모르겠다. 그러나 개가 이방인을 보고 안 짖으면 이상한 일 아닌가. 늘 보이던 머리통 큰 아이가 안 보이면 무슨 일이 있는 것 아니겠는가. 모두 각자의 사정을 살피고 있기에 가능한 충청도인의 일상 화법이자 해학이기도 하다.

말끝마다 "슈~" 하고 길게 늘어지는 특유의 억양은 낯선 이에게 정겹게 들리기도 한다. 그 "슈~"라는 어말이 길이의 장단이나 톤의 높낮이에 따라 의미가 수십 개는 되는 것도 알아야 진정한

　　　2부 섬에서 온 초대장

보령 섬 여행을 할 수 있다.

  사진 속 골목은 모든 것을 보여주진 않는다. 그 흐릿한 빛이 비치는 언덕과 골목 저편은 설렘과 정겨움으로 다가온다. 그 길 끝에서 누군가와 우연히 마주하는 일 자체가 또 하나의 이야기가 된다. 섬의 골목은 단지 길이 아니라 사람과 풍경 그리고 이야기가 얽혀 있는 공간이다. 그곳에선 무엇이든 가능할 것만 같다. 바로 이런 순간이 섬을 사랑하게 만드는 이유다.

# 옷이라는
# 또 하나의 언어

원산도

어느 일요일 아침, 섬마을 골목길에 네 여인이 서 있다. 나는 보는 순간, 허락만 해주신다면 꼭 사진을 찍어야겠다고 결심했다. 알고 있다. 누군가의 눈에는 별스럽지 않아 보일 수 있는 광경이다. 그저, 시골에서 흔히 만나는 여인들 모습 아닌가.

그러나 섬에서 일정 기간 머문 사람들이라면 그렇게 생각할 수 없다. 그들은 평소와 다른 모습을 하고 있었다. 바닷가 일터에서 땀 흘리며 너털웃음을 터뜨리는 모습과는 사뭇 달랐다. 바구니나 함지박을 들던 손에는 단정한 핸드백이 들려 있고, 흙먼지로 얼룩졌던 장화 대신 깨끗한 로퍼나 단화를 신었다. 화려한 꽃무늬 몸빼나 햇빛 가리개용 커다란 모자를 걸치고 있지도

2부 섬에서 온 초대장

않다. 블라우스와 깨끗한 바지를 입고 단정한 머리 모양을 하고 있다.

겉모습만 다른 게 아니다. 평소라면 깔깔거리거나 너털웃음을 지었을 텐데, 이날은 얌전한 미소, 가벼운 웃소리, 점잖은 표정을 내보인다.

왜였을까.

그들이 향하고 있는 곳이 바로 교회였기 때문이다. 나는 진심으로 놀랐다. 언어만이 그 사람의 감정과 생각, 정체성을 드러내는 수단이 아니라는 것, 옷 역시 그 사람의 많은 점을 드러내는 하나의 방식이라는 걸 알고 있었지만 섬사람들에게는 더욱 그런 듯했다.

카메라를 들자 한 여인이 말했다.

"됐슈, 사진은 뭘."

그러면서도 동시에 자세를 바로잡고 있었다. 허리를 펴고 따뜻한 미소를 짓고, 손끝은 점잖아진다. 복장이 만들어낸 변화가 온몸과 내면에 깃들었다.

신기한 일 아닌가. 옷 하나 바꿔 입은 것만으로도 그녀는 이미 다른 공간에 있었다. 어제의 바다와 오늘의 교회는 서로 다른 세상이 되었고, 그녀 역시 그 세상에 어울리는 태도를 입고 있었다.

섬에서 피사체를 찾는 건 그리 쉬운 일이 아니다. 바다와 밭 사이를 오가는 주민들의 행색은 대부분 비슷하다. 바구니를 들거나, 슬리퍼를 질질 끌며 흙길을 걷는 모습은 자주 볼 수 있어서 특별해 보이지 않는다. 네 여인이 눈에 더욱 들 수밖에 없는 이유였다. 복장은 지금의 자신이 누구인지, 어디로 가는 중인지, 어떤 태도로 하루를 살아가야 하는지를 말해주는 하나의 언어였다.

그런 의미에서 이 사진은 섬사람들의 모습을 담은 평범한 기록이 아니라, 바닷가라는 일상의 공간에서 교회라는 비일상의 공간으로 넘어가는 찰나가 담긴 특별한 이미지였다.

옷이 바뀌면 태도가 달라지고, 태도가 달라지면 하루를 살아가는 방식까지 달라진다. 옷이라는 형식은 우리가 세상을 대하는 방식, 세상이 우리를 바라보는 방식을 결정하는 또 하나의 언어인 것이다.

그들이 그렇게 변화된 겉모습과 마음으로 들어섰을 교회에서 드린 기도의 내용이 무엇이었든, 꼭 이루어지길 함께 소망한다.

# 바람이 지난
# 그 자리

녹도

2022년 겨울, 바다가 보이는 언덕 위 카페에서 전시가 열렸다. 제목은 〈끌림〉이었는데, 섬과 바다에서 만난 풍경과 그 안에 담긴 특별한 감정을 사진으로 풀어낸 보령 사진 동아리 작품들이었다. 전시 준비 과정은 강풍과의 싸움이었다. 언덕 위 전시장 벽에 플래카드를 거는 동안, 바람은 매달아둔 벽돌까지 흔들었다. 멤버들은 밧줄을 단단히 묶으며 플래카드가 흔들리지 않도록 고정했다. 플래카드 속 이미지는 녹도의 언덕 너머로 이어지는 하늘과 우두커니 서 있는 두 사람의 모습이었다. 말없이 서 있는 그들은 사진을 보는 이들에게 질문을 던지는 듯했다.

전시장에 들어선 사람들은 창밖으로 눈길을 보냈다. 언덕 아

래 펼쳐진 바다는 겨울 햇살을 받아 은빛으로 반짝였고, 멀리 점처럼 떠 있는 섬들은 그 자체로도 낯선 감정을 불러일으켰다. 한 관람객이 플래카드 속 사진과 창밖의 풍경을 번갈아 보며 조용히 입을 뗐다.

"여가 저어 녹도여?"

확인이라도 하려는 듯, 사진 속 장면과 눈앞의 풍경을 겹쳐 보았다.

사진 속 두 사람은 아무 말 없이 서 있었지만, 그들의 모습은 관람객들에게 상상하게 했다. 그들은 무엇을 보고 있었을까? 그 너머에는 어떤 이야기가 숨어 있을까? 전시장에 온 사람들은 저마다의 방식으로 대답을 떠올렸다. 한 사람이 말했다.

"그래도 거긴 멋질 거 같아요."

사진 속 섬과 창밖의 섬은 같은 풍경이면서도 다른 의미를 띠고 있었다. 사진 속 장면은 무언의 정적을 품고 있었고, 창밖의 섬들은 겨울 물결 위에 흔들리며 어떤 말을 속삭이는 듯한 느낌을 자아냈다.

사진은 보는 이에게 질문을 던지며 답을 찾게 했다. 섬에 가면 어떤 기분일지, 그 너머에 무엇이 있을지를 상상하게 했다. 사진 속 두 사람이 서 있던 자리는 언뜻 비어 있는 것처럼 보였지만, 그 빈칸은 관람객들의 상상으로 채워졌다. 누군가는 고요한 바람과 햇살을 떠올렸고, 또 누군가는 물결 소리와 낯선 공기를 느꼈다. 그 상상이 이어질수록 사진 속 공간은 점점 더 풍성해졌다.

플래카드에 담긴 풍경도, 창을 통해 바라본 실제 바다도 같은 질문을 던지고 있었다. 그 너머에는 무엇이 있을까. 그 답은 사진 속에도, 바다의 끝에도 없었다. 하지만 그 빈자리야말로 사람들의 마음을 끌어당기는 이유였다. 한 관람객은 웃으며 사진 속 두 사람을 가리켰다.

"저기 있는 사람들이 우리 보고 얼른 오라고 손짓하는 거 같아요."

그의 말에 사람들은 웃었지만, 그 말은 어쩌면 이 전시가 전하고자 했던 메시지 그 자체였다.

〈끌림〉은 보이는 풍경보다 그 너머에 있을지 모를 것들을 떠올리게 하는 시선이었다. 관람객들이 상상한 섬의 모습은 실재하지 않을 수도 있었지만, 그 상상과 기대감이야말로 이 전시의 본질이었다. 그들이 서 있던 자리와 그 너머의 하늘은 여전히 정적 속에 머물러 있다. 그곳을 바라보는 모든 사람의 마음속에서 지금도 새로운 이야기가 이어지고 있다.

# 붉은 새가
# 나는 하늘

원산도

무슨 뜻인지는 몰라도 비엔날레라는 말을 많이 들어보았을 것이다. 관심 있는 사람은 그것이 미술전이라는 정도는 알 수도 있다. 비엔날레biennale라는 말은 "2년마다"라는 뜻의 이탈리아어로, 격년으로 열리는 국제미술전을 일컫는다. 처음에 비엔날레는 미술이 국가의 특정 이념을 선전하기 위한 수단으로 전락하는 것을 막고 예술의 자율성을 지키기 위해 시작되었으나 지금은 활발한 미술 시장을 창출하기 위한 목적이 강하다고 한다. 우리나라에서는 광주비엔날레, 부산비엔날레, 대전비엔날레 등이 관계자들의 관심 속에서 치러지고 있다.

그런데, '섬비엔날레'가 있다는 걸 아는 사람은 드물다. 2027년

4월과 5월 두 달간 국내외 30여 개국 180여 명의 작가가 참여해서 섬 관련 작품들을 전시하고, 여러 해상 공연을 펼칠 예정이다. 섬 음식을 시연하고 해안을 트레킹하는 다양한 체험 행사도 열린다. 현대의 미술전 비엔날레가 미술 시장 창출이라는 가장 큰 목표를 두고 있듯이 섬비엔날레도 충남 서해 섬의 가치를 전 세계에 알리기 위해 개최되는 것이다. 이 비엔날레가 보령의 섬 원산도(그리고 고대도)에서 진행될 예정이라고 한다!

드론으로 원산도를 촬영해보면 섬의 위용과 아름다움이 그대로 전해진다. 하늘엔 붉은 새가 날고, 그 아래로는 산과 바다가 어우러진 풍경이 펼쳐진다. 원산도元山島라는 이름은 섬이 되기 전 원래 산이 있던 곳이라는 뜻에서 붙었으며, 또 달리 해석하면 으뜸가는 산의 섬이라는 의미로도 해석되고, 그런 뜻에서 바라보면 섬은 원대한 꿈을 품고 있는 듯한 그림 같은 장면을 선사한다. 하늘을 가로지르는 붉은 구름은 새의 날갯짓처럼 보이기도 하고, 거대한 고래의 몸짓처럼 보이기도 한다. 이들은 마치 어디론가 쉼 없이 움직이는 피사체처럼, 자연의 역동성을 품고 있다.

저 멀리 보이는 오봉산의 끝자락과 그 옆으로 이어진 아스팔트 도로는 또 다른 움직임을 예고한다. 빠르게 지나가는 차들의 행렬이 금세 이어질 것만 같은, 마치 하늘을 나는 새처럼 역동적인 느낌이다. 이 모든 풍경은 섬이 가진 동적인 에너지를 보여주며, 고요하면서도 생동감 넘치는 원산도의 매력을 드러낸다.

하늘과 바다, 그리고 대지를 덮을 듯한 구름이 만들어내는 장면은 마치 섬이 세상과 소통하는 방식 같다. 구름 사이로 비치는 빛은 사람의 상상력을 자극하고, 섬 너머 보이는 또 다른 섬들의 실루엣은 새로운 여정을 상상하게 만든다.

붉은 새가 하늘을 날듯, 원산도는 꿈을 꾸게 만든다.

이 섬을 또 다른 각도에서 보면 새로운 풍경이 펼쳐진다. 바다와 해변, 그리고 도로가 한데 어우러져 시원스러운 광경이 눈에 들어온다. 그 모습은 소통의 중심지, 소통의 메카라는 찬사를 던져도 아깝지 않다. 육지와 밀착되어 있기에 외따로 떨어진 느낌이 없으면서도, 섬만의 정취를 간직한 모습이다.

아침 햇살은 소나무 그늘을 따라 해안가에 그림처럼 내려앉고, 넓게 펼쳐진 바다, 모래사장, 갯벌은 한데 어우러져 사람들에게 특별한 기대감을 준다. 갯벌은 다양한 해산물을 품으며 섬사람들의 손길을 기다리고, 해변은 방문객들의 웃음소리로 채워진다. 이런 풍경 속에서 원산도는 그 자체로 한 편의 시가 된다.

해안 곳곳에는 마을과 다소 떨어진 한두 채의 집들이 자리하고 있다. 그 작은 집들조차 원산도의 주민들이 이곳을 터전 삼아 살아가고 있음을 보여준다. 해저터널과 대교, 그리고 선착장은 섬과 육지를 연결하며 소통의 다리 역할을 하고 있다. 태안군으로 이어지는 원산안면대교를 지나면 삽시도, 고대도, 효자도가 가까이 보인다. 또 보령해저터널은 대천해수욕장으로 이어지며, 육지와 섬을 하나로 묶어준다. 원산도는 이제 더 이상 단절된 섬이 아니라, 다양한 사업과 인프라를 통해 외부와의 원활한 소통이 완성된 섬이다.

주민들에게 다리는 단순한 기반 시설 이상의 의미를 지닌다. 원산안면대교는 그들의 숙원이었고, 해저터널은 더 나은 삶을 향한 열망의 산물이다. 외지인들에게 섬은 낭만의 상징일지 모르지만, 주민들에게는 소통과 이동의 편리함이 무엇보다 중요하다. 원산도는 이러한 소통의 갈망을 해결하며 외지인과 주민 모두가 만족할 수 있는 공간으로 변모했다.

원산도를 방문하는 사람들은 감탄스러운 섬의 풍경에 더해 주민들의 친근한 미소와 환대를 만나게 된다. "모든 걸 갖춘 섬"이라는 말이 결코 과장이 아니다.

원산도의 풍경 중 갯벌은 몇 번이고 이야기해도 부족하다. 원산도의 넓은 갯벌은 부드러운 곡선을 그리며 저 멀리 바다와 맞닿아 있고, 그 반대쪽으로는 푸른 논과 저수지가 자리 잡고 있다. 또 그 너머에는 다시 바다가 이어진다. 이 모든 것이 층층이 쌓여 마치 자연이 만든 한 폭의 그림이 된다.

이 갯벌의 일부를 확대해보면 더욱 감탄하게 된다. 유명 작가의 대형 추상화가 틀림없는 그림이 그려져 있다. 칸딘스키나 파

2부 섬에서 온 초대장

울 클레 같은 현대미술 대가가 회색빛 도화지 위에 흙빛과 갈색의 선들을 정교하게 얹어놓은 듯하다. 선의 굵기와 흐름, 그리고 공간을 채운 색의 조화는 고도의 의도를 품은 작품처럼 보인다. 관람자의 시각에 따라 이 장면은 한 폭의 추상화로도, 고지도 같은 정교한 표현으로도 다가온다. 실로 거장의 손길이 깃든 작품이라고 해도 믿을 수밖에 없는 광경이다.

작품의 작가는 당연히 인간이 아니다. 대지가 화가가 되어 바다와 시간을 붓 삼아 그린, 자연의 위대한 작품이다. 물이 빠진 갯벌 위에 남겨진 흔적은 대지가 매일 새롭게 그려내는 그림이자, 자연이 스스로 이야기를 들려주는 언어다. 추상화 같은 이 선들은 바닷물이 지나간 흔적이고, 그 흔적 안에는 생명과 시간, 자연의 역사가 담겨 있다.

피카소가 "나는 보이는 대로 그리는 것이 아니라 생각한 대로 그린다"라고 말했던 것처럼, 대지는 자신만의 시간을 그려내고 그 그림을 세상에 남겨 우리와 소통한다.

사진은 드론을 통해 대지의 손길을 하늘에서 담아낸 것이다. 멀리서 내려다본 이 장면은 대지의 이야기를 평면 위에 펼쳐 보이며, 인간의 손길이 닿을 수 없는 자연의 거대한 예술성을 드러낸다. 이 갯벌은 자연의 일부일 뿐만 아니라, 한 폭의 예술 작품이며, 관람자의 상상력에 따라 무궁무진한 해석을 품을 수 있는 캔버스다. 이것이 자연이 우리에게 말을 거는 방식이며, 그 이야

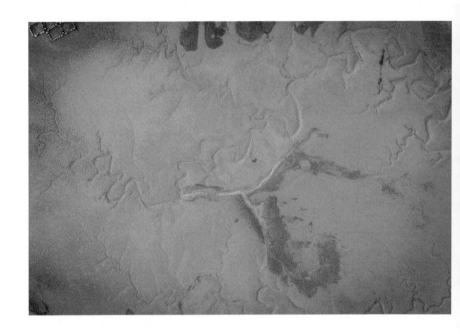

기를 듣는 이들에게 새로운 감각과 시선을 열어준다.

바다, 갯벌, 대교, 해저터널, 산과 해변, 마을 전체가 조화를
이루는 이곳, 육지와 닿아 있어 바람을 따라 흘러오는 사람을 섬
과 연결하고, 외부인을 환대하는 이 소통의 중심인 곳에서 섬비
엔날레라는 특별한 축제가 무사히 개최되길 바란다.

2부 섬에서 온 초대장

# 고요한 축제가
# 펼쳐지는 어느 섬의 밤

고대도

섬과 섬마을과 섬의 해변은 어디든 아름답지만 자연과 사람의 손길이 유난히 눈에 띄는 조화를 이루는 곳이 있다. '고뎜'이라고도 불렸던, 인구 약 200명 면적 0.9킬로제곱미터의 섬 고대도다. 200명은 원산도 인구의 5분의 1 수준에 불과하지만, 고대도는 단지 규모로만 판단할 수 없는 여러 가지 특별함이 있는 섬이기에 원산도와 함께 섬비엔날레 개최지 중 한 곳이 되었다.

이 마을에서 볼 수 있는 특별한 광경이 있는데, 그것은 바로 붉은색으로 통일된 지붕의 색깔이며, 그 지붕들이 자연과 조화를 이루고 있는 풍경이다.

고대도 선착장에서 가까운 곳에 마을이 옹기종기 모여 있다.

붉은 지붕들이 어우러진 풍경은 주민들이 함께 만들어낸 결과다. 마을의 집들은 더없이 소박하지만 곳곳에 비슷한 색감의 지붕들이 리듬감처럼 생기를 더한다. 길을 따라 세워진 가로등이 하나둘 불을 밝히며 어둠이 가까워짐을 알린다. 가로등 불빛이 바닷가로 반사되며 잔잔한 파도와 어우러져 물결 위에 작은 빛의 춤을 춘다. 마을 뒤편으로는 노을이 은은하게 번지며 하루를 마무리 짓는다.

마을의 흙길은 바닷물과 흙빛이 자연스럽게 어우러져 정겨움을 더한다. 길 위의 따스한 색감은 마을 특유의 소박한 분위기를 자아내며 굴뚝에서 밥 짓는 연기가 피어오를 것 같은 상상을 불러일으킨다. 사진 속 장면은 호객 행위처럼 느껴질 만큼 가고

2부 섬에서 온 초대장

싶은 충동을 일으킨다.

고대도라는 이름은 섬에 옛 집터가 많아서 붙었다는 설과, 옛날에 거물급 인사가 살았기 때문에 생겼다는 설이 있지만 나는 내 식대로 생각해보았다. '고古'는 전통과 유산을 상징하고, '대代'는 과거와 현재를 이어주는 다리를 뜻한다. 그리고 '도島'는 그 이야기가 펼쳐지는 무대를 나타낸다. 이 두 가지 설도 그렇고, 내 식으로 해석한 의미도 그렇고, 고대도에는 오랜 세월의 의미가 붙어 있다. 과거의 흔적을 간직하면서도 이를 통해 미래로 나아가는 독특한 정체성을 간직한 섬인 것이다.

그 세월을 지나 지금은 붉은 지붕 아래 섬을 지키는 이들이 살고 있다. 이 붉은색 지붕과 자연이 어우러지는 풍경은 어둑해질 저녁 무렵이 되면 다른 느낌을 안겨준다. 어둠이 내릴 즈음, 고대도는 조용히 빛을 내기 시작한다. 선착장과 바다 앞길, 골목마다 하나둘 켜지는 가로등이 마을 전체를 감싼다. 붉은색 지붕들은 사이사이 끼어 있는 파란색 지붕과 조화를 이루고 있는데, 이는 단지 디자인적인 색의 배치를 넘어 마치 고대도만의 고유한 언어라는 느낌을 준다. 같은 붉은색 지붕 아래에 살고 있으나 각각의 삶의 내용은 닮은 듯 다를 것이며, 파란색 지붕처럼 유난히 다른 삶을 사는 사람도 있겠지만, 은은한 가로등 불빛 아래에서 하나의 공동체가 돼 조화를 이루고 있는 것이다.

이 불빛은 어둠을 밝힐 뿐만 아니라 마을의 삶을 품는다. 서로를 비추며 이어주는 마음의 끈이다. 대도시의 불빛이 강렬하고 무질서한 에너지를 뿜어낸다면, 고대도의 불빛은 평온하고 안정적이다. 마치 이곳의 사람들처럼, 작지만 강렬한 존재감을 지닌다. 거대한 조각품 같기도, 어깨를 맞대고 있는 끈끈한 공동체의 연대 같기도 하다.

"지붕에다 페인트칠허는 건 지원 사업이어두, 주민의 의지가 없으면 못 혀유. 그럼유."

고대도 이장은 마을 주민들에게 고맙다는 말도 아끼지 않았다. 고대도의 빛과 공동체를 상징하는 듯한 그 같은 지붕의 색깔이 예술적으로 보인 이유는 역시 주민들의 연대 덕분이었고, 그렇기에 이 광경이 더욱 특별하게 다가왔다.

고대도의 밤이 특히 인상적인 부분은 하늘이 바다를 닮아가는 광경이다. 어둠이 내려앉은 선착장에서 돛단배가 조용히 불을 밝힐 때 이 광경은 절정을 맞이한다. 과거와 현재를 이어주는 상징처럼, 돛단배는 빛을 밝히며 우리에게 희망과 가능성을 속삭인다. 그 모습은 어둠 속에서도 길을 잃지 말라는 조용한 메시지를 전한다.

얼마 전 다시 고대도에 갔다. 몇 년 만에 다시 찾은 고대도의 풍경은 사뭇 달라져 있었다. 예전에는 투박하게 울퉁불퉁했던 길가가 지금은 반듯하게 손님을 맞을 채비를 마친 듯했다고 해야 할까.

고대도는 작은 섬이지만, 막상 섬에 발을 디디고 나면 작다는 첫인상이 무색해질 만큼 그 안의 이야기가 풍부하다. 섬이란 다 그렇다. 멀리서 보면 작고 조용해 보이지만, 한 걸음 한 걸음 내디딜 때마다 새로운 풍경이 펼쳐진다.

마을 골목마다 들어선 가로등의 불빛이, 바다 위 돛단배의 빛이 붉은 지붕 가득한 마을의 숨결과 조화를 이루어 만들어낸 밤 축제에 나 역시 조용한 손님이 돼 기쁨을 누리고, 그 순간을 간직하고자 셔터를 누른다.

# 기다림에 지친
# 멍멍 가족

효자도

울타리 없는 집 앞마당에서 마주친 두 마리의 강아지. 느슨하게 묶인 끈과 텅 빈 집, 그리고 지나가는 낯선 사람을 바라보는 무심한 시선. 이 장면은 섬마을의 고요함 속에서 피어나는 권태와 기다림을 그대로 담고 있다.

섬마을 강아지들은 도심의 반려동물과는 사뭇 다른 삶을 산다. 도시에서는 반려동물이 주인의 고독을 달래는 동반자의 역할을 하지만, 섬에서는 집을 지키고 낯선 이를 경계하는 존재로 머물러 있다. 이곳에서의 강아지들은 고독과 무료함 속에 하루를 보내며, 어쩌면 그 무료함조차 익숙한 일상이 되었을지도 모른다.

사진 속 강아지들의 무표정한 얼굴에는 기다림 속 권태만이 아니라, 고독과 체념 같은 깊은 감정이 담겨 있다. 마치 주인이 돌아오기를 묵묵히 기다리며, 그 부재를 받아들이는 법을 배운 듯한 모습이다.

2007년, 나는 〈개똥철학〉이라는 개인전을 열며 강아지들의 몸짓에서 철학적 메시지를 발견하려 노력한 적이 있다. 그들의 움직임 하나에도 우리가 살아가는 방식과 연결된 메시지가 담겨 있었다. 이 사진 속 강아지들도 마찬가지다. 섬이라는 환경에서, 그들은 자연스럽게 자신만의 이야기를 만들어내고 있다.

언뜻 생각해보면, 섬과 강아지는 많이 닮아 있다. 주인과 유대감을 쌓은 개는 주인의 들고 나는 것에 예민하고, 주인이 외출하면 올 때까지 기다린다. 병원 치료를 받는 주인이 집으로 오길 기다리는 개 이야기는 이제 영화나 드라마에서 흔한 장면이 되었을 정도다. 섬마을도 마찬가지 아닐까. 그리 멀지 않은 과거에 섬은 지금처럼 고즈넉하지 않았다. 언제나 생계 문제로 힘든 시절을 보냈을지언정 그곳엔 여러 인생들이 복작거리며 어우러지고 있었다. 그러나 지금은 나는 사람은 있어도 드는 사람이 적다. 지방 소멸 문제 가운데 섬 인구 소멸이 가장 심각하다고 할 수 있다. 20년 뒤 섬 인구의 5분의 1이 사라지리라는 전망도 있다. 주인이 올 때까지 기다리는 강아지처럼, 섬마을의 많은 빈집도 주인을 기다리고 있다는 생각이 드는 건, 바닷가 시골 마을에서 자라 다시 고향으로 돌아가 섬 사진을 찍으며 살고 있기에 더욱 그런지도 모르겠다.

# 배 한 척이
# 떠 있는 바다

효자도

짙은 녹음이 깔린 언덕이 바다를 향해 몸을 내밀고 있다. 그 끝자락, 거친 바위 위로 잔잔한 물결이 닿는다. 그 곁엔 고요히 떠 있는 배 한 척. 무심한 듯하지만 풍경의 중심을 잡아준다. 배는 크지도, 화려하지도 않다. 하지만 묵묵히 그 자리에 떠 있음으로써 섬과 바다를 이어주는 역할을 한다.

주변에 작은 섬들은 효자도를 다른 세상과 연결해준다. 하지만 가까이 다가갈수록 이곳은 여전히 독립적인 세계로 남아 있다. 바위 틈새로 스며드는 파도와 그 위에 자리 잡은 배는 서로 대화하는 중이다. 배는 단순히 떠 있는 물체가 아니라, 누군가의 하루와 연결된 다리다.

이곳의 풍경은 처음엔 단순해 보이지만 볼수록 더 많은 이야기를 품고 있음을 깨닫게 된다. 바위는 세월의 흔적을 담고 있고, 나무는 시간이 멈춘 듯 고요하다. 그 모든 것 위로 물결이 움직인다. 이 풍경은 정지된 한순간이 아니라, 끊임없이 이어지는 자연의 호흡이다.

배의 존재는 마치 화룡점정처럼 풍경을 완성한다. 없는 듯하면서도 없으면 허전한 존재. 그것은 바다의 일부이자 섬의 일부로, 두 세계를 잇는 실질적이고 상징적인 연결이다. 멀리 보이는 다리와 섬들이 이곳을 외딴곳이 아니게 하지만, 그럼에도 불구하고 효자도는 스스로의 고요를 유지하고 있다.

바위를 따라 내려가는 시선 끝에 배가 있다. 그리고 그 배 너머에 펼쳐진 바다는 또 다른 세상을 품고 있다. 효자도의 풍경은 자연과 사람이 서로를 받아들이고, 함께 살아가는 방식에 대한 이야기다.

이곳은 마치 자연이 우리에게 건네는 속삭임 같다. "보아라, 단순해 보이는 이곳에도 얼마나 많은 이야기가 숨어 있는지." 배 한 척의 고요한 존재가 섬의 이야기를 끌어올리고, 섬은 그 배를 품으며 자신의 매력을 드러낸다. 그 모든 것을 바라보는 우리는 이 조화 속에서 자연의 진짜 목소리를 듣게 된다.

거친 바위, 조용한 나무, 잔잔한 바다 그리고 그 위를 떠다니는 배. 이 모든 요소들이 합쳐져 만들어내는 조화는, 그냥 지나칠 수 없는 깊이를 지닌다. 그곳에서 우리는 자연의 속삭임과 우리 자신의 이야기를 만난다.

이 풍경은 고요하다. 하지만 그 안에는 자연의 강렬한 힘과 사람들의 삶이 녹아 있다. 고요 속에 많은 것을 품고, 그 안에서 우리의 상상력을 자극하는 곳. 바다와 섬이 속삭이는 이 자리에서, 우리는 자연이 선물한 가장 깊은 이야기를 만난다.

# 섬의
# 무한리필

장고도 · 외연도

바닷가는 계절의 흔적을 감춘다. 모래와 자갈,
그리고 바다의 물결이 만들어내는 풍경 속에서
는 시간이 멈춘 듯하다. 계절의 변화를 감지하기란 쉽지 않다.
그곳에서 계절을 짐작할 수 있는 것은 오직 그곳을 거니는 사람
들의 옷차림이나 물건들뿐이다.

가을옷을 걸친 남자, 노을빛이 물든 오후, 그리고 노란색 의
상을 입고 배추를 바닷물에 씻는 여인의 모습이 계절이나 시간
을 설명해준다. 그녀는 김장이 아니라 겉절이를 만드는 중일 것
이다. 얇은 복장이 김장철은 아니라는 추측을 가능하게 해준다.

사진은 우리에게 대화의 시작을 제안한다. 갯물 구덩이에 차
오르는 바닷물은 섬의 일상과 자연의 순환을 상징하며, 시간이

흐르면서 새롭게 채워진다. 물을 퍼서 배추를 씻고 흘려보내는 여인의 반복적인 행위는 섬이 가진 무한한 자원의 흐름을 보여준다. 물은 끊임없이 채워지고 흘러간다. 섬의 삶은 마치 아낌없이 베푸는 어머니의 품 같다. 늘 풍요롭고 무한하다.

바닷가를 거니는 남자는 그 순간, 밀려오는 생각을 맞이하기에 분주하다. 파도 소리와 바람의 리듬은 그에게 백색소음이다. 답답함을 풀어주고 머릿속을 맑게 한다. 해변을 걷는 동안, 이 소음은 새로운 생각과 영감을 불러일으킨다. 아리스토텔레스가 제자들과 함께 거닐며 철학을 논했듯이, 바닷가를 거니는 이 순간은 자유롭고 깊은 사유의 시간이다. 섬은 단순한 지리적 장소가 아니라, 끊임없이 생각과 영감을 선사하는 공간이다.

이 남자는 바로 나다. 나는 단순히 걸으며 사유하는 것에 그치지 않고, 드론을 조종하며 그 순간을 기록한다. 옛 성현들이 걸으며 사유했던 방식과는 다르게, 화면을 보며 공간을 확장하고 그 장면을 현실로 담아낸다. 섬의 자연과 풍경은 나에게 끊임없는 영감의 원천이다.

배추를 씻고 있는 여인이 담긴 사진은 장고도에서 찍은 모습이며, 바닷가를 거니는 내 모습을 찍은 사진은 외연도에서 찍은 것이다. 두 섬은 사실 제법 멀리 떨어져 있다. 대천항에서 두 섬에 가자면 각기 다른 배를 타야 하지만, 결국 섬들이 보여주는 풍경은 큰 맥락에서 연결된다.

　갯물 구덩이에서 계속 새로운 물이 차오르듯 우리의 일상도 매일 전혀 새로운 날인 양 찾아온다. 어부는 매일같이 새벽이면 뱃일을 마치고 들어와 생선을 손질하지만, 그 일을 내일도 마치 처음 하는 사람처럼 새로이 시작해야 한다.

　섬의 자연 풍광이 사람에게 주는 사색의 시간도 그렇다. 해변을 거닐 때 자연이 들려주는 다양한 소리와 바람과 냄새는 마음을 다독여주고, 거기에서 힘을 얻어 다시 내일을 살아갈 힘을 얻는다.

　반복되는 매일의 일과를 마치 처음 맞이하는 사람처럼 성실히 하는 것, 섬이라는 자연 경관이 무한 리필 서비스로 선사하는 쉼과 몰입의 시간과 위로의 힘으로 다시 전혀 다른 내일을 살아보기로 결심하는 것. 이 섬을 보고 기록하고 전할 수 있어서 새삼 기쁘다.

# 빛 속에서
# 만나다

고대도

섬을 여행하다 보면 뜻밖의 사물들과 마주하게
된다. 소주병, 라디오, 유목, 벽화 등으로 다양
하다. 하지만 범선과 마주하리라는 상상은 하지 못했다.

고대도를 여행하던 중 범선을 보았을 때 나는 현실을 넘어선
어딘가에 들어선 느낌이었다.

물론 그 범선은 일종의 설치미술이었다. 한국 최초의 개신교
선교사였던 칼 프리드리히 아우구스트 귀츨라프의 발자취를 시
각적으로 구현한 상징적 작품이다.

1832년, 그는 고대도에 도착해 감자 재배법을 전하고 주기도
문을 한글로 번역하며, 단순한 선교를 넘어 섬 주민들에게 희망
을 심어줬다. 이것이 그가 고작 한 달간 머물며 한 일들이다. 이

범선은 당시 그가 타고 온 배를 모티프로 제작되었으며, 그의 신념과 의지를 기리는 상징물로 자리 잡았다.

하지만 내게 그 범선은 설치미술 이상의 의미로 다가왔다. 그날 범선은 신비로운 빛으로 둘러싸여 있었다. 나는 이 광경을 특별하게 기록하고 싶었다. 사진술 중의 하나인 렌즈 플레어 효과를 통해 초월적인 신비로움을 표현한 것이다. 빛이 쏟아지는 범선은 단지 건축물이 아닌, 귀츨라프의 신념이 신의 계시로 연결된 매개체임을 드러낸다. 현실에서는 불가능할 것 같은 이상적인 비전을 사진으로 구현한 셈이다. 이 작품은 단순한 기록을 넘어, 범선이 고대도라는 공간에서 가지는 역사적, 종교적 맥락을 되살린다.

범선을 사진으로 찍을 때 나는 가까운 거리에서 극적인 연출을 시도하지 않았다. 이는 범선이 위치한 고대도의 환경과 조화를 이루고 있는 작품의 본래 의미를 살리기 위함이었다. 사진 속 범선은 주변 풍경과 함께 하나의 이야기를 완성하며, 그 자체로 신념과 의지를 담은 항해의 여정을 상징한다.

이 사진은 설치미술 작가인 박인숙 대표의 의도를 충실히 반영하며, 그녀의 작품이 가진 메시지를 극대화했다. 실제로 사진을 본 박 대표는 매우 만족했고, 이를 계기로 그녀의 또 다른 작품들을 촬영하는 인연으로 이어지기도 했다. 단순히 건축물을 찍었을 뿐이지만, 사진은 범선과 귀츨라프의 신념, 그리고 고대

도의 역사를 함께 엮어내며 사람들 사이에 새로운 이야기를 만들어냈다.

고대도의 범선은 수많은 조형물 가운데 하나가 아니라, 종교적 박해의 위험 속에서도 희망을 전했던 한 인간의 신념을 기리는 상징이다. 이 범선에 신비로운 빛을 더함으로써, 그의 여정이 개인의 의지가 아닌 초월적 존재와 연결된 항해였음을 암시한다. 고대도의 범선은 그 자체로 빛과 신념의 항해를 담은 작품이자, 그 역사를 오늘날에도 생생히 전하는 매개체가 되었다.

애석하게도 현재의 고대도는 사실 잠자는 섬이다. 삽시도처럼 해수욕장과 둘렛길로 유명한 섬도 아니며, 관광지로 널리 알려진 곳도 아니다. 만약 고대도가 원산도와 연결돼 있지 않았더

라면 섬비엔날레의 개최지로 선정되지 못했을 것이다. 하지만 지금으로부터 약 200년 전, 한국 최초 선교사가 방문했던 섬, 그가 다녀간 흔적을 기념관과 범선으로 기록하고 있는 모습을 보면 이 광경을 전 세계인이 함께 보기에 충분하다는 사실을 알게 된다.

마을 뒤편에서 고대도를 보면 마치 날아오를 준비를 마친 새 모양을 한 풍경을 만나게 된다. 고대도의 마을은 새의 부리처럼 보이고, 범선은 새의 발과 같기도 하다. 이 모습처럼 새가 하늘

2부 섬에서 온 초대장

을 날듯 고대도와, 그곳의 역사와, 그곳에서 살았던 사람들과, 여전히 그곳에서 살고 있는 이들의 이야기가 누군가에게 다시 관심을 받게 된다면 정말 좋겠다.

원산도 초전항에서 출발한 낚싯배가 고대도를 향하는 중이다.
하늘과 바다가 맞닿은 푸른빛 속에서 빨간 낚싯배는
하얀 자취를 남기며 달린다.
그 모습은 원산도와 고대도의 앞날을 희망차게 그리는 붓질 같다.

# 너그러운
# 선착장

효자도

선착장은 보통 배가 오가는 곳으로만 생각된다. 하지만 이곳, 효자도의 선착장은 조금 다르다. 사진 속 사람들은 배만을 기다리는 것에 그치지 않고, 앉아 휴식을 취하거나 낚싯대를 드리우고 있다. 선착장은 배가 닿는 물길의 끝인 동시에, 사람들에게는 일상의 고단함을 내려놓고 자연과 함께하는 쉼의 공간으로도 활용되고 있다.

사진 속 그림자가 길게 드리운 것으로 보아 오후 3~4시경, 해가 서서히 기울기 시작하는 시간이다. 2022년 9월 주말의 한가로운 풍경이 이 장면에 고스란히 담겨 있다. 효자도는 이름 그대로 효심 깊은 자식이 부모에게 효도하듯, 이곳을 찾는 사람들에게도 너그러운 품을 내어준다. 심지어 물고기들조차 이 섬을 찾

는 낚시꾼들에게 아낌없이 저를 드러내는 듯하다.

효자도는 원산도 건너편에 위치한, 육지에서 가까운 섬이다. 이 섬의 선착장은 자연과 사람이 교감하는 작은 무대다. 선착장 위의 사람들은 각자 다른 이유로 이곳에 모였지만, 그들의 모습에서 느껴지는 여유로움은 이 섬이 가진 특성을 보여준다. 누군가는 낚싯대를 드리우며 어족이 풍부한 바다를 탐색하고, 또 누군가는 그저 앉아 시간을 흘려보낸다. 이 모든 모습은 선착장이 기본적 기능과 더불어, 사람과 자연이 어우러지는 친근한 공간임을 말해준다.

효자도의 선착장은 이런 이색적인 풍경으로 인해 더욱 특별하다. 배가 닿고 떠나는 순간마다 이야기가 만들어지고, 그 위에서 펼쳐지는 사람들의 다양한 모습이 이곳을 하나의 풍경화로 기억하게 한다. 모든 것이 여유롭고, 그 속에서 특별한 순간들이 지친 이들에게 쉼을 주고 있다.

# 어느 섬의
# 리어커

호도

호도에 도착하면 눈에 띄는 특별한 풍경이 있다. 아담한 선착장을 가득 메운 리어커들이다. 차도선이 들어올 수 없는 이곳에서 리어커는 단순한 운송수단 이상의 의미를 지닌다. 짐을 실어 나르고, 때론 아이들도 태운다. 방문객들에게 잊지 못할 추억을 만들어주는 호도의 상징이다.

리어커의 어원을 따지면 원래는 '리어 캐리어rear carrier'에서 유래했다고 한다. 뒤에서 밀거나 끌어 무언가를 운반하는 도구라는 뜻이다. 하지만 호도에서는 그 뜻이 조금 더 확장된다. 리어커는 섬사람들의 삶과 방문객들의 추억을 싣는 특별한 매개체다. 민박집 이름이 적힌 녹색 리어커는 마치 섬 전체가 준비한 환영의 몸짓처럼 보인다. 말하자면, 호도에서 리어커는 하나의

문화인 셈이다.

생각해보라. 숙박업소의 이름이 적힌 리어커가 도시에서 온 사람들의 짐을 나르고, 아이들을 태운다. 21세기에 쉬이 볼 수 있는 풍경이 아니다. 특히 아이들이 무척 즐거워한다. 도시에서 유모차와 승용차에 길들여진 아이들에게 리어커는 특별한 모험이 된다. 섬사람들 입장에서도 그렇다. 이제는 아이들이 드문 곳에서 섬의 상징과도 같은 리어커에 어린것들의 웃음을 실으며 굴러가는 것이다. 선착장에서 민박집까지는 짧은 거리지만, 리어커는 그 거리를 위해 존재한다.

새로운 리어커를 살 필요도 없다. 바퀴만 튼튼하면 오래된 리어커로도 충분하다. 아니, 더 좋다. 판자로 보수하면서 리어커 여기저기에 새겨진 시간이야말로 진정한 멋이다. 세련되지 않아도 괜찮다. 느리고 낡았기에 오히려 더 많은 이야기를 담고 있는 리어커야말로 요즘 사람들이 추구하는 멋 '레트로' 그 자체 아닌가.

이런 호도만의 리어커 문화가 언제부터 시작됐는지는 정확히 모른다. 하지만 왜 생겨났는지는 짐작이 된다. 호도는 좁고 작은 섬이다. 차를 이용하면 되레 불편해질 수도 있기에 작은 리어커가 효율적인 운송수단으로 자리 잡게 되지 않았을까. 누군가의 아이디어가 전통이 되고, 이제 섬의 정체성이 된 것이다.

리어커의 느린 바퀴가 만드는 소리는 섬의 평화를 깨뜨리는 것이 아니라, 그 평화를 더욱 선명하게 만들어준다.

　리어커가 굴러가는 곳에는 호도 사람들의 이야기도 함께 구른다. 리어커 자체가 섬의 풍경이자 이야기가 된다. 그곳에 사람이 사는 이상, 리어커는 계속 굴러가며 짐과 사람을 나르고, 추억을 만들며 살아 숨 쉬게 할 것이다.

# 누구에게나
# 시작은 있다

장고도

시작에는 언제나 설렘과 두려움이 공존한다.

도시 사람이 섬으로 떠나는 여행의 시작이야

말해 무엇할까.

보령 섬으로 향하는 이들은 대부분 보령여객선터미널에서 여정을 시작한다. 이곳은 여행의 출발지이자 새로운 모험의 문턱이다. 멀리서 뱃고동 소리가 들려오고, 섬으로 향하는 배의 끄트머리에서는 물결이 용솟음친다. 출발을 기다리는 동안, 주위를 둘러보면 갈매기들이 하늘을 맴돌며 무언가를 바라는 모습이 눈에 들어온다. 이 모든 순간이 나에게는 오랜 섬 여행의 또 다른 시작을 떠올리게 한다.

처음 섬으로 떠났던 날, 설렘보다는 두려움으로 가득 찼던 기억이 있다. 지금은 다르다. 100여 개의 섬을 여행하며 두려움은 설렘으로 바뀌었고, 시작은 기대와 발견으로 채워졌다. 처음 찾는 섬에서는 어떤 만남이 기다리고 있을지, 여러 번 간 섬에서는 어떤 새로운 느낌이 나를 반길지. 섬 여행에서의 만남은 단지 사람만을 의미하지 않는다. 자연, 풍경 그리고 그 순간의 느낌까지 모두 포함하는 것이 만남이다.

보령 섬으로 향하는 여정은 늘 다채로웠다. 혼자 오토바이를 타고 간 적도 있고, 무거운 짐을 실을 때는 아버지의 트럭을 빌리기도 했다. 겨울이 아닐 때는 배 안에서 맨발로 다니기를 즐기기도 했다. 이런 여정은 단지 어떤 이동을 위해서가 아니라 감각의 탐험이었다. 섬으로 향하는 과정에서의 경험과 느낌은 내가 추구하는 여행의 핵심이었다.

"출발!" 이 단어는 모든 시작을 상징한다. 어디서든, 어떤 상황에서든 마음먹기에 따라 새로운 '출발'이 가능하다. 배 안에서건, 돌아오는 선착장에서건, 모든 곳은 출발지가 될 수 있다. 인생에서도 마찬가지다. 어떤 기준과 마음가짐에 따라 출발점은 다를 수 있다. 다짐과 시작은 본질적으로 다르지 않다.

오늘날 섬을 잇는 연륙교와 해저터널이 생기면서 섬으로의 접근은 한결 편리해졌다. 하지만 진정한 섬 여행의 묘미는 여전히 여객선 터미널에서 시작된다. 신분증을 제시하고 표를 끊으며, 배를 기다리는 그 절차 하나하나가 여행의 일부다. 배를 타기 전

의 기다림, 신분증을 다시 보여주는 번거로움 그리고 때로는 기후로 인해 배가 뜨지 못하는 상황조차도 섬 여행의 일부다. 이런 과정의 힘겨움은 섬에 도달했을 때 느끼는 성취감과 즐거움을 두 배로 키워준다.

이 기다림을 견디며 섬에 도달하는 순간, 또 다른 과정과 시작이 기다린다. 그 시작은 곧 새로운 발견으로 이어진다. 이것이 바로 출발, 누구에게나 그 시작은 있었다는 의미다.

# 밤이 되어야
보이는 것들

삽시도

석양이 지고, 밤으로 넘어가는 길목. 세상은 마치 숨을 죽이고 고요 속에 잠긴 듯하다. 해가 떨어진 지 오래된 시각, 하나둘씩 어둠 속에서 존재를 드러내는 것들이 이야기를 시작한다. 삽시도의 저녁 풍경이다.

낮이 모든 걸 드러낸다면, 밤은 숨긴다. 숨기는 것 속에야말로 우리가 몰랐던 세상이 있다. 나는 그 세계에 관심이 많다. 특히 섬에서의 밤, 아무것도 보이지 않을 것 같은 어둠 속에서도 달이 떠오르고, 별이 깜빡이며 물결 위로 빛을 비춘다. 이런 장면을 자주 목격한다. 때를 기다린 건 아니지만, 어느새 이 시각에 이른다. 그건 몰입 때문이다. 셔터를 연신 누르며 석양을 담다가 해가 지고, 그 뒤를 이어 등장하는 어두운 풍경에 빨려 들

2부 섬에서 온 초대장

어간다. 육지에서는 접하기 어려운, 어둠 속에서 빛나는 순간들이다. 카메라를 손에 들면 두려움은 사라지고 믿음이 생긴다. 이 도구는 감정을 조율하고, 시선을 명확히 해준다. 섬의 밤은 그래서 내게 특별하다.

해가 지면 세상은 화려함을 벗어던지고, 모든 시선은 나 자신에게로 향한다. 그 고요함이 주는 착각이 있다. 세상이 나를 중심으로 돌아가는 듯한, 그러면서도 내가 얼마나 작은 존재인지 깨닫게 되는. 낮의 화려함과 석양의 열광 속에선 찾을 수 없는 감정이다. 섬 어딘가에선 초승달이 떠 있고, 그 아래엔 어부의 배에서 조용히 깜빡이는 불빛이 있다. 낮엔 늘 소란했던 거리도, 밤엔 고요 속에 잠기며 섬의 중심은 낮과 완전히 다른 규칙으로 움직인다. 낯선 이방인을 환영하며, 섬이 그에게 주인의 자리를 내어준다.

사진가에게 밤은 특별한 도전이자 축복이다. 렌즈로 본 밤은 낮과 전혀 다르다. 수평선 너머 사라진 태양 뒤에 남겨진 붉은빛은 군청으로 점점 옅어지며 부드럽게 그러데이션을 만든다. 어떤 날은 눈이 시릴 만큼 선명하고, 또 어떤 날은 희미하지만 깊다. 오메가 현상 같은 찰나는 행운의 결과지만, 어둠 속에서 발견되는 별빛은 언제나 작은 놀라움을 선사한다. 눈으로 보이지 않던 것들이, 렌즈 속에선 모두 별이 되어 나타난다.

섬의 밤은 한없이 고독하다. 그러나 그 고독함이 나를 더 깊

이 몰입하게 만든다. 모든 것이 조용해지고, 삼각대 위의 카메라
는 잔잔해지는 파도의 흔적을 담아낸다. 별빛만으로도 자신의
자태를 밝히는 바다는 어쩌면 어둠 속에서야 그 풍경을 완성하
는 듯도 하다.

밝음이 모든 것을 보여준다면, 어둠은 숨기면서 새로운 세상
을 드러낸다. 섬에서의 밤은 평소에 보지 못했던 것들을 가르쳐
준다. 섬에 간다면, 밤을 주목하라. 그곳엔 낮보다 더 큰 세상이
기다리고 있다.

# 바다가 일터,
# 밭이 일터

녹도

인간은 일과 함께 살아간다. 일이란 단순히 생계를 위한 수단이 아니라, 살아가는 이유이며 존재를 증명하기 위한 행위이다. 농부는 들녘에서, 어부는 바다에서, 그 외 섬사람들은 그들만의 방식으로 각자의 일터에서 살아간다.

바닷가 언덕 위에서 조그만 밭을 만났다. 황토색 흙이 햇빛을 받아 반짝였다. 밭을 지나며 문득 생각한다.

"이 밭엔 어떤 사연이 담겨 있을까?"

풀을 매고 땅을 일구며 채소를 심을 준비를 했을 그 손길이 떠오른다. 이 밭을 일구던 사람이 어떤 마음으로 흙을 만졌을지 상상하며 셔터를 눌러본다. 사진은 나의 질문이고, 밭은 그 질문에 나지막이 답한다.

"이곳은 삶이고, 사랑이고, 인내와 기억의 자리랍니다."

사진을 찍는 내게 섬사람들과의 대화는 늘 깊은 여운을 남긴다. 어느 날, 식당에서 만난 아낙에게 물었다.

"남편은 어디 계세요?"

그녀는 잠시 멈칫하다가 미소 지으며 답했다.

"아직 안 왔슈. 때 되면 오겠쥬."

처음엔 농담처럼 들렸지만, 그 곁에 있던 사람이 조용히 말해주었다.

"풍랑으로 못 돌아오셨슈."

그녀의 미소 속에는 세월의 무게와 이를 견뎌낸 인내가 담겨있었다. 혼자 남아 섬에서 살아가는 그 시간들. 그녀는 아마 일로 버텼을 것이다.

밭을 지나며 아낙이 남편과 나누었을 대화를 상상해본다.

"오늘은 뭘 잡아 올 규?"

"물때가 좋으니 당신 좋아하는 거 다 잡아 오지 뭐."

이런 대화였다면 좋았겠다.

대체로 섬엔 여자가 많다. 바다에 나갔다가 돌아오지 못한 남편들, 고된 노동으로 건강을 잃은 남자들. 섬사람들의 이야기는 그렇게 남겨진 이들의 이야기로 이어진다. 그렇기에 섬의 아낙들은 강하다. 그들은 삶의 무게를 받아들이며, 인내와 지혜로 하루를 살아간다.

"일이 위안을 줘유. 일이라도 안 하믄 못 견뎌유."

섬에서 만난 한 여인의 말이 내 귓가에 맴돈다.

밭이 일터, 바다가 일터인 이곳에서 일은 단순한 노동이 아니라 삶의 방향키다. 일이 없으면 방향을 잃고 떠다닐 뿐이다. 바닷바람이 스쳐 지나가는 언덕 위의 작은 밭. 그 밭은 단순한 흙이 아니라 외로움과 인내와 성실함 그리고 희망이 뿌린내린 자리다.

일을 통해 삶을 증명하고, 일로 치유받으며 살아가는 섬사람들. 그들의 이야기가 내 마음을 울린다. 이 밭에, 이 바다에, 그 모든 것에 담긴 삶의 이야기가 여운처럼 오래도록 남는다. 지금도.

# 똑같은 섬은
# 없다

전망대

보령 섬의 전망대에서, 친구들과 여행하는 이
들을 우연히 찍은 한 장의 사진! 카메라를 꺼내
기 전부터 이미 특별한 순간이 시작되었다. 난간에 기대어 바람
을 맞으며 웃음소리가 가득한 순간, 한 사람은 의연히 포즈를 잡
았고 나머지는 자유롭게 떠들고 움직이며 그 장면을 만들어냈
다. 그 속엔 어떤 의도도 강요도 없었다. 프레임은 그저 그 순간
을 담았다. 그런 촬영이 가장 섬답고, 사람답다. 섬 여행은 계획
된 포즈보다 흐르는 대로 맡기는 것이 어울린다. 자유로운 섬 여
행을 닮은 그들이 보령 섬들을 보고 있다.

보령의 섬들은 "평안을 보전한다"라는 뜻을 지닌 보령에 위치
한 만큼 조용히 존재한다. 너무 많이 알려지지도, 그렇다고 지나

칠 만큼 평범하지도 않다. 육지에서 바라보면 "저게 섬이구나"
하고 감탄하게 되는 아스라한 존재감이 있다. 접근성은 좋지만
그 섬다움을 잃지 않은, 적당한 거리감을 유지한 채 사람을 끌어
당긴다. 서해 어디에도 이런 섬들이 또 있을까. 동해에서는 섬을
찾기 힘들고, 남해는 다닥다닥 붙어 있어 섬의 고독감이 느껴지
지 않는다. 하지만 보령 섬은 가까운 이웃 섬들과도 거리를 유지
하며 섬 고유의 정취를 간직하고 있다. 그 정취는 바닷바람처럼
은근히 스며들어 여행자를 사로잡는다.

　섬에 존재한다는 것은 단순히 물에 둘러싸인 곳에 있다는 것
이 아니다. 섬은 경계가 분명한 동시에 경계를 잊게 한다. 끝없

이 펼쳐진 수평선과 바람에 실려 오는 갈매기의 울음소리는 일상의 소음과는 다른 결을 가진다. 보령 섬의 전망대에 서면, 그 바람과 소리에 어울려 고요함 속에 잠기게 된다. 그 고요함 속에서 비로소 섬이 품은 자유를 느낀다. 육지와 가까워도 섬은 섬이다. 바다와 갯벌, 적당한 거리를 유지하며 고립된 섬들이 만들어내는 풍경은 어디에서도 쉽게 찾을 수 없는 섬스러움을 가진다.

보령 섬은 평가절하된 섬이다. '섬은 다 비슷하다'라는 편견이 이 섬을 설명할 기회를 빼앗아왔다. 그러나 보령 섬은 남다르다. 육지에서 가까워도 쉽게 그 깊이를 알 수 없고, 방문하기 쉬워도 단숨에 다 헤아릴 수 없는 곳이다. 그저 지나쳐버리기엔 아깝고, 충분히 머물러야 그 매력을 알 수 있다. 갯벌이 끝없이 펼쳐지고, 고운 모래사장이 기다리는 이곳은 자연스러운 섬다움을 보여준다. 섬이라는 이름이 가진 본질을 잃지 않은 채, 보령 섬들은 그 자리에 서 있다.

누군가를 강하게 끌어당기지도 떠밀지도 않는 곳, 그런 공간으로 가보고 싶다면 보령 섬이 기다리고 있다.

# 섬 사진
# 동료들

모도

내 삶을 말하자면, 사진이 전부다. 사진 없이 나를 설명한다는 건 불가능하다. 사진은 나의 직업이자 유일하게 잘하는 일이다. 아내의 말이니 맞을 거다. 사람들과 소통하고 그들의 삶을 담아내는 도구로 사진만 한 게 없다. 그렇게 사진은 나의 세상을 이해하고, 또 그들에게 내 이야기를 전하는 매개물이다.

섬 여행에서도 마찬가지다. 혼자 떠나는 섬 여행은 고독의 즐거움이 있다. 조용히 카메라를 들고 섬의 구석구석을 탐험하며 스스로를 돌아보는 시간. 반면, 여럿이 함께 떠나는 섬 여행은 또 다른 에너지가 있다. 동행자들의 웃음소리와 대화는 풍경과 더불어 사진에 생명을 불어넣는다.

강연장에서 만난 동료들이 있다. 모두 누님뻘들인데도 나를 스승으로 여기며 따라주는 그들의 모습은 내게 특별하다. 강남구 포토테라피 강연장에서 처음 만난 우리는 단순히 수강생과 강사의 관계였지만, 지금은 여행 동반자이자 모델, 그리고 추억을 함께 만드는 친구다. 이들과 함께라면 어떤 여행도 흥미진진하다.

물론, 이 멤버도 영원하지는 않다. 때로는 개인 사정으로 이사를 가거나, 수강을 그만두며 자연스럽게 구성원이 바뀐다. 그렇게 한 명, 두 명 새로운 얼굴이 추가된다. 가끔, 그때의 동료들과 함께했던 섬 사진을 꺼내보며 나도 모르게 눈을 지그시 감는다. 사진 속의 웃음과 표정은 그 시절의 추억을 다시 떠올리게 한다. 함께한 시간이 그리울 때가 있다.

이 사진은 녹도 맞은편에 있는 무인도 모도에서 찍었다. 카메라 셀프 타이머를 12초로 설정하고, 서둘러 자리를 잡고서야 우리 모두를 담을 수 있었다. 사람이 살지 않는 섬이기에 오가는 웃음과 농담이 더 크게 다가오고 역동적인 우리의 모습이 보다 특별하게 느껴졌다. 무엇보다 각자의 삶과 고민이 있지만, 그 시간만큼은 완전한 하나가 되었기에 기뻤다.

이들은 사진과 여행의 동반자 이상의 의미가 있다. 내 고독 병을 치유해주고, 새로운 에너지를 주는 존재들이다. 섬 여행에서 나누는 대화는 가벼운 여흥에 그치지 않는다. 각자의 삶을 공유

하며 진솔한 이야기가 오간다. 그들에게서 배운다. 또한 그들은 나로 인해 새로운 여행의 즐거움을 발견한다. 이제는 더 많은 얼굴들이 떠오른다. 그들과의 시간은 사진으로만 남는 것이 아니라, 내 삶의 일부로 새겨진다. 섬 여행의 순간은 지나가지만, 그 추억은 내 사진 속에, 그리고 마음속에 오래도록 남는다.

그들의 존재가 내 삶을 풍요롭게 채운다. 떠나는 이가 있어도, 새로운 얼굴이 찾아와도, 그들은 나에게 새로운 이야기를 가져다준다. 그렇게 사진과 여행 속에서, 나는 그들과 함께 내 삶의 또 다른 페이지를 써 내려간다.

# 보물찾기의 성지

호도

"어디게?"

호도에서 찍은 한 장의 사진을 보여주며 묻는다. 대답은 망설임으로 시작된다. 매일 보는 섬이지만, 사진 속 풍경은 낯설다. 선착장 바로 앞에서 보이고, 조금만 걸어가면 닿을 수 있는 곳인데도, 낯선 구도로 담긴 모습은 어딘가 새롭다.

호도는 그런 섬이다. 전체를 보면 작아 보이지만, 한 부분을 떼어내면 완전히 다른 섬처럼 보인다. 금강산처럼 솟아오른 작은 봉우리들. 맑은 날이면 그 모습이 더욱 선명하다. 카메라의 프레임에 담기면, 작은 바위산도 웅장한 산맥처럼 변한다.

"여기가 호도야? 금강산이 아니라?"

사람들은 반문한다. 그 말 속엔 놀라움이 섞여 있다.

2부 섬에서 온 초대장

호도의 선착장은 작지만 특별하다. 물때에 따라 배가 닿는 위치가 바뀌는 계단형 구조는 방문객에게 신선함을 준다. 방파제를 넘어 마을 쪽으로 더 들어가면 작은 포구가 숨겨져 있다. 태풍이 불어도 안전하게 배를 보호할 수 있는, 섬사람들의 지혜가 담긴 공간이다. 이 작은 포구와 바위산은 호도의 또 다른 얼굴이다.

아담한 크기 안에 무궁무진한 매력이 숨어 있는 곳이 호도다. 드론으로 위에서 내려다보거나, 사진으로 담긴 작은 부분을 보면 또 다른 섬이 된다. 이야기 또한 풍성하게 펼쳐진다. 작은 평지 같은 섬 안에 금강산을 방불케 하는 바위산이 있다는 사실은 그 자체로 반전이다. 마을로 가면 주로 평지인데, 해변에 이런 풍경이 있다는 건 정말 색다른 인상을 준다.

사진을 찍은 이는 묻는다.

"이게 호도 어딜까?"

사람들은 머리를 긁적이며 답을 찾으려 한다. 그리고 묻는다.

"진짜 여기가 호도 맞아?"

그 순간, 사진 찍는 이는 대화의 주도권을 잡는다. 사진 속 작은 부분에 숨은 이야기를 하나씩 꺼내며 섬을 더 깊게 소개한다. 술래잡기 같은 대화, 보물찾기 같은 발견. 호도는 그렇게 사람들에게 새로운 시선을 선물한다.

사람도 마찬가지 아닐까. 얼핏 평범하거나 그 이하로 느껴지는 사람들이 있다. 한 분야에서 크게 이름을 알린 것도 아니고,

남다른 부자도 아닌 정말 너무 평범해서 눈에 띄지 않는, 어떤 면에서는 많은 점이 부족해 보이는 사람. 그러나 그이의 삶 안으로 들어가보면 달라지는 경우가 많다. 단조로워 보였던 삶의 방식은 굉장한 인내의 결과이고, 부자는 아니지만 성실한 노동으로 가족을 안전히 부양하고, 현실적인 이유로 어린 시절의 꿈을 접었으나 사진과 그림과 노래와 같은 취미 활동으로 내면을 풍성하게 하고 있는 모습을 볼 수 있다. 이처럼 어느 누구의 삶도 알고 보면 외려 낯설고 굉장하다. 하나같이 개성적이고 고유하며 귀하다. 호도도 그렇다. 작고, 평평한 지형이어서 별것 없다는 선입견을 줄 수 있지만 이처럼 거대한 산맥을 숨기고 있는 것이다. 이렇게 생각하면, 모두의 삶은 보물찾기의 성지가 된다.

호도는 보통의 섬이 아니다. 그것은 크고 작은 풍경의 조화, 그리고 그 조화 속에서 새로운 이야기를 발견하는 재미를 선사한다. 사진 속 그 장면이 어디인지 묻고 답하며, 호도라는 섬의 매력에 깊이 빠져든다.

"어디게?"

그 질문 속에 이미 섬의 매력과 인생의 진리가 담겨 있는 듯하다.

# 상상의
# 초대장

녹도

섬이 동화 속 배경처럼 느껴질 때가 많다. 파도가 그물을 쳐서 물고기를 잡고, 선착장을 빠져나가는 물고기의 크기는 어선만 하다. 마치 걸리버 여행기에 나오는 장면처럼, 모든 것이 비현실적인 비율로 다가온다. 우리가 이렇게 비현실적인 장면을 현실에서 보는 걸 착시 현상, 일루전 illusion이라 부른다. 이는 사진이 흔히 제공하는 즐거움이자 창작의 본질이기도 하다. 보는 대로가 아니라, 보는 이를 꿈꾸게 하고 새로운 이야기를 상상하게 만든다.

보령 섬 녹도에서 이런 장면을 만났다. 선착장 근처 작은 모래사장이 있고, 파도가 밀려오며, 갈매기들이 노닌다. 드론을 띄워 하늘에서 갈매기와 파도를 찍는다. 파도 속에서 날아오르는 갈매기의 모습을 찍는 순간, 그 장면은 즉시 멈추어 고정된다. 날던 새가 멈추면 바람에 부딪히고, 파도가 멈추면 얼어붙은 것처럼 보인다. 정지된 그 순간 속에서 모든 것이 하나의 이야기로 바뀌며, 사진은 다시 말 걸어오는 도화지가 된다. 사진가도 그 순간, 수다쟁이가 된다. 사람들과 이 장면에 대해 공감하며, 소셜 미디어의 '좋아요'를 누르는 듯하다.

해변을 내려다보며 찍은 파도는 마치 그물처럼 보이고, 선착장을 나서는 배는 물고기 한 마리가 유영하는 듯 보인다. 시각에 따라 전혀 다른 모습으로 보이는 이런 착시는 사진이 주는 또 다른 묘미다. 사진은 우리가 흔히 보던 장면을 전혀 다른 방식으로 해석하게 한다. 바다와 해안은 단순히 수평선과 물결의 연속이 아니라, 하나의 동화처럼 이야기를 담고 있는 것처럼 느껴진다. 사람의 눈과 렌즈가 만들어내는 각도, 빛의 방향, 그리고 선택한 순간에 따라 전혀 다른 세계로 변한다.

걸리버가 거인의 땅에서 작은 배를 타고 모험하듯, 사진 속 장면도 시각의 전환을 통해 비현실적이고 동화 같은 느낌을 준다. 우리가 현실을 있는 그대로만 보는 것이 아니라, 그 안에서 꿈을 찾아내고 새로운 관점으로 다가가는 것이다. 파도가 그물처럼 얽힌 모습을 보며, 그 속에 갇힌 물고기나 해안에 남겨진 발자국을 상상하게 된다. 선착장을 빠져나가는 배가 물고기처럼 보인다면, 바다는 마치 거대한 어항이 된 듯도 하다.

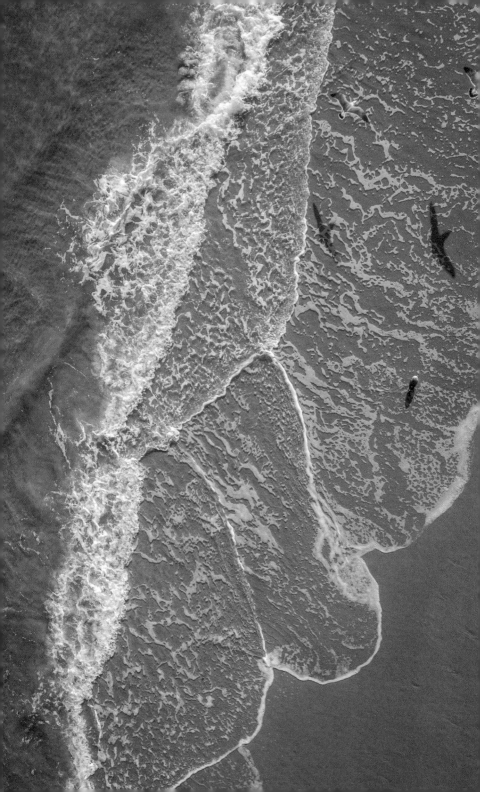

이처럼 사진은 순간을 기록하면서도, 상상의 무대를 열어준다. 우리가 관찰한 것 너머의 이야기를 끌어낸다. 보는 이에게 일상의 풍경이자 환상적인 이미지로 다가오며, 현실에서 미처 깨닫지 못했던 풍경을 새로운 감각으로 바라보게 한다. 사진 자체가 하나의 새로운 세계가 되는 것이다.

이를 통해 우리는 현실을 뛰어넘어 새로운 이야기를 그린다. 사진 속 장면은 단순히 하나의 풍경이 아니라, 상상의 세계로의 여행을 제안하는 초대장이다. 사람들은 반응한다. "맞아요, 그물 같아요." "이렇게 큰 그물로 갈매기를 잡다니!" 이런 상상과 공감 속에서 사진은 그 자체로 우리를 새로운 이야기 속으로 이끌어간다. 섬과 사진에는 항상 동화 속 이야기에 귀를 기울이는 아이들이 논다.

# 남겨진 마음이
# 있는곳

추도

한때 아이들의 웃음소리로 가득했던 추도분
교. 지금은 폐교가 되어 적막만이 감도는 교정
한가운데 서 있으면, 마치 시간이 멈춘 듯한 기분이 든다. 수돗
가 옆에 그려진 고양이들 그림만이 잃어버린 시간의 흔적을 붙
잡고 있었다. 사진기를 들고 텅 빈 교정을 걸어 다니며 순간들
을 담았다.

수돗가 옆에서 멈춰 섰을 때, 이유를 알 수 없는 묘한 감정이
스쳤다. 그림 속 고양이들이 나를 지켜보고 있는 듯한 느낌 때문
이었을까, 아니면 이곳에 남아 있는 시간이 만들어낸 잔상 때문
이었을까.

찍을 때는 미처 알지 못했다. 렌즈 너머로 나를 바라보는 또

다른 존재가 있다는 것을. 사진을 확인하고서야 그림 옆에 진짜 고양이가 서성이고 있다는 것을 알았다. 어쩌면 그 고양이는 그림 속 동료들과 함께 있다고 믿고 있는지도 몰랐다. 고양이는 그림 가까이에 앉아 마치 그림 속 친구들과 이야기를 나누는 듯했다. 그 눈빛에는 어딘가 멀리 떠나버린 존재들을 그리워하는 듯한 슬픔이 묻어 있었다.

고양이와의 짧은 대화를 상상해보았다.

"여기 혼자 있니?"

고양이는 조용히 고개를 갸웃하며 그림을 한 번 쳐다보고, 다시 나를 바라보았다.

"그림 속 고양이들은 네 친구들이야?"

고양이는 대답 대신 그림 가까이 다가가 몸을 동그랗게 말았다. 그곳이 자신이 가장 안전하게 느끼는 자리인 것처럼.

수돗가에 그려진 고양이 그림을 자세히 보니, 학교를 떠난 누군가가 이곳의 고양이들을 기억하기 위해 남긴 흔적임이 분명했다. 그림 속 고양이들은 서로를 바라보며 웃고 있는 것처럼 보였지만, 현실의 고양이는 슬픈 눈빛으로 그림 곁에 앉아 있었다. 어쩌면 이곳에 남겨진 자신을 위로하며 그림 속 동료들과 함께 있다고 느끼고 싶었는지도 모르겠다.

고양이가 자아를 인식하지 못한다는 과학적인 사실이 떠올랐다. 그림 속 고양이를 진짜 동료로 여긴다는 것도 상상의 산물

일지도 모른다. 하지만 그 순간, 이 고양이가 단지 본능으로 움직이는 존재가 아니라는 생각이 들었다. 그 눈빛 속에는 잃어버린 시간을 품고 있는 순수한 마음이 담겨 있었다.

고양이를 향해 다시 말을 이었다.

"아이들이 떠난 뒤 혼자서 이 학교를 지키고 있구나."

그림 속 고양이들과 함께라면 외롭지 않을지도 모른다. 하지만 이 모든 게 단지 상상일까. 잘은 몰라도, 고양이 역시 진짜 친구들이 있는 편을 선호할 듯하다.

이제는 어른이 되었을 그 아이들, 그들이 남긴 흔적은 고양이의 눈빛과 그림 속에 여전히 머물러 있었다. 텅 빈 교정과는 달

　　　　　　　　2부 섬에서 온 초대장

리, 고양이는 그림을 통해 아이들의 순수한 마음과 시간을 이어가고 있었다. 마치 사라진 시간을 대신 지키는 수호자처럼.

사진기를 들고 고양이와 그림을 함께 담았다. 사진 속 고양이는 그림 옆에 앉아 조금도 움직이지 않았다. 어쩌면 이곳에서 사라진 시간과 사람들의 흔적을 품고 있는 것은 고양이가 아니라, 우리가 그 고양이를 바라보며 떠올리는 기억들인지도 모른다.

그 고양이는 한때 이곳에서 뛰어놀던 아이들이 남긴 순수함의 마지막 조각일지도 모른다. 아이들은 떠나갔지만, 고양이와 그림 속 모습은 여전히 그곳에서 아이들을 기다리고 있었다.

"언제든 다시 돌아오렴. 여전히 너희를 기다리고 있단다."

# 하나의 공간,
# 두 개의 세계

고대도

사진을 찍는다고 하면, 사람들은 가장 먼저 셔터를 누르는 행위를 떠올릴 것이다. 맞는 말이다. 누구나 스마트폰만 있으면 무엇이든 찍을 수 있는 시대이므로, 셔터를 누르거나 터치하기만 하면 뚝딱 사진이 나온다.

하지만 사진가로서 나는 그 행위는 마음이 움직인 결과라는 점을 강조하고 싶다. 순간적으로 스쳐 지나가는 장면을 붙잡고 싶다는 욕구가 그 행위로 연결되는 것이다. 고대도에서 고요한 물 위에 비친 사람과 하늘 그리고 바위들을 찍을 때도 그랬다. 하나의 장면 속에 두 개의 이야기를 품고 있는 그 순간을 꼭 이미지로 담아내고 싶었다.

고대도는 그런 감정을 불러일으키는 특별한 공간이다. 선착

장에서 마을을 지나 끝까지 걷다 보면 예상치 못한 장소와 마주하게 된다. 그곳에서 카메라를 들고 두리번거리다 보면, 사람들은 자신도 모르게 '와우, 이건 꼭 찍어야지' 하고 결심하게 된다. 물에 비친 장면을 프레임 속에 담는 일은 마치 도화지를 반으로 접어 위아래를 색칠하는 것처럼, 또 하나의 세계를 완성하는 작업이다.

그런 의미에서 고대도는 단순히 사진을 찍은 공간으로 남지 않는다. 일상에서 놓치기 쉬운 순간들을 다시 바라보게 하는 힘을 가진 곳으로 기억된다. 사진은 현실과 비현실, 눈에 보이는 것과 보이지 않는 것을 잇는 도구다. 고대도의 풍경은 단순히 아름답기만 한 것이 아니라, 찍는 사람에게 메시지를 던진다.

'이걸 어떻게 찍지?'

사진 찍기가 일상인 우리에게 이런 고민은 낯설지 않다. 그러나 고민은 방법과 답을 찾아가는 여정에 우리를 올려놓고, 결국 우리는 대상을 보는 시선을 재조정해가며 렌즈에 들어올 범위를 세밀하게 설정하게 된다. 신기하게도 고대도에 오면 이런 과정을 더욱 의식하게 된다. 바다를 바라보며 사진을 찍고, 숲길을 걸으며 '마음 정리'를 하게 된다고 할까. 왜일까 생각해보면, 이곳에 한국 개신교 최초의 선교사 귀츨라프를 기념하는 비가 있어서인가 상상도 해본다.

어떤 이유가 됐든, 자연과 교감하면서 시선을 재조정하고, 그 과정에서 나 자신을 발견하는 곳, 풍경이 단지 대상이 아니라 자신만의 이야기를 만들어 기록하게 하는 곳, 특별히 사람을 이끄는 곳 고대도는 언제든 다시 가고 싶은 섬이다.

# 보령의
# 나폴리

효자도

평화로운 선착장에 배 한 척이 들어온다. 멀리
에는 섬과 섬을 잇는 다리가 보이고, 이런 풍광
은 강처럼 잔잔하다. 선착장에 정박한 배들이 가지런히 늘어선
풍경은 이곳이 섬임을 말해준다. 건너편에는 넓은 원산도가 자
리 잡고, 가까운 곳에 효자도가 있다.

효자도는 육지와도, 주변 섬들과도 가까워 쉽게 닿을 수 있는
섬이다. 하지만 섬이란 본디 고독을 품는 존재라 했던가. 효자도
는 거리와 상관없이 인간 내면의 고독처럼 깊은 외로움을 품고
있다. 가까움이 외로움을 달래주지 않는다. 오히려 사람이 가까
울수록 더욱 그리워질 때가 많은 법이다.

이 섬에는 세 군데의 선착장이 있다. 외부와의 왕래를 얼마나

절실히 원하는지, 주민들의 마음이 선착장마다 스며 있는 듯하다. 선착장 주변 작은 마을과 그 앞에 떠 있는 배들이 이룬 풍경은 마치 한 폭의 그림 같다.

　멀리 보이는 다리는 다른 섬으로 향하는 길을 열어주지만, 효자도는 보령의 나폴리처럼 고유한 매력을 간직하고 있다. 유럽의 미항을 떠올리게 하는 낭만적인 풍광 속에서도, 섬은 섬이다. 가까운 육지와 이웃 섬들이 있어도 마음 한편의 외로움은 쉽게 사라지지 않는다.

　효자도는 마치 오래된 편지 같기도 하다. 시간이 지나도 그 안에 담긴 감정은 선명하게 남아 있다. 사람들의 발길이 닿아 새로운 이야기가 쓰일수록, 섬의 고유한 낭만과 외로움은 더욱 깊어진다. 그 외로움은 섬만의 고유한 색을 더욱 깊게 한다.

고독이 깊을수록 삶의 색은 더욱 짙어진다라는 누군가의 말처럼, 효자도의 외로움은 섬의 색을 더 풍부하고 낭만적으로 만든다. 바다와 다리, 선착장과 배가 만들어내는 이 풍경은 효자도에서만 찾을 수 있다. 그 안에서 느껴지는 고독과 낭만은, 마치 한 편의 시처럼 사람의 마음을 깊게 흔든다.

# 바다로 통하는
# 비밀 통로

효자도

효자도의 외딴곳에서 발견한 작은 선착장. 드론을 하늘에 날리다 우연히 보게 된 그곳은 마치 자연이 숨겨둔 보물 같은 장소였다. 나무들 사이로 이어진 좁은 길의 끝자락에서 바다와 맞닿은 작은 선착장이 모습을 드러낸다. 울창한 나무들이 가려주어 잘 보이지 않는 이곳은, 방문객들이 쉽게 알아차릴 수 없다.

효자도는 작은 섬이지만 그 안에 담긴 이야기는 풍부하다. 논과 산세, 그리고 해안을 따라 펼쳐진 풍경은 작지만 깊은 인상을 남긴다. 이번에 발견한 작은 선착장은 단순히 배를 대는 장소가 아니라, 섬의 숨겨진 매력을 증명하는 곳이었다. 작은 배들이 드나들며 남긴 흔적과 그 뒤편으로 이어진 길은 마치 이곳이 바다

와 육지를 잇는 은밀한 통로처럼 보이게 한다.

멀리 보이는 다리와 바다의 풍광은 효자도의 매력을 더한다. 태안군으로 이어지는 원산안면대교, 그리고 섬들 사이에 펼쳐진 바다의 그림 같은 풍경은 이곳이 작은 섬이 아님을 보여준다. 효자도가 담고 있는 다양한 자연 풍광과 문화적 요소가 방문객들에게 특별한 경험을 선사하는 점만 생각하면 어느 섬보다 커 보이기도 한다.

선착장 주변의 풍경은 마치 영화의 한 장면처럼 신비롭다. 나무들이 만든 그림자와 잔잔한 바닷물이 어우러져, 이곳을 지나면 자연의 고요함과 아름다움을 느낄 수 있다.

자연이 만들어낸 이 비밀 샛길은 섬을 찾는 이들에게 새로운 발견과 설렘을 선사한다. 효자도의 숨겨진 매력을 한번 느껴보라. 언젠가 이 작은 선착장에서 나오는 한마디가 들릴 것이다.

"와볼 튜?"

# 가장 진실한 언어로
# 섬과 소통하다

장고도

나는 사진을 통해 세상과 소통하는 삶을 살아왔다. 사진은 내 삶의 중심이자, 내가 세상과 연결되는 가장 효과적인 도구다. 경쟁보다는 차별화된 접근을 즐기는 나의 방식은 포토테라피phototherapy라는 독자적인 영역을 통해 세상과 특별한 방식으로 대화를 나누는 것이다.

나의 사진 여정은 대학 시절, 순전히 생계를 위한 아르바이트로 시작되었다. 하지만 시간이 흐르며 사진은 전문 직업을 넘어 나의 삶을 지배하는 철학이자 방식이 되었다. 사진을 매개로 한 포토테라피라는 새로운 영역을 학습하며, 이를 통해 사람들의 내면에 다가가고 희망을 전하고자 노력했다. 사진은 나에게 이미지일 뿐 아니라, 사람들의 마음을 열고 치유할 수 있는 힘을 가진 도구였다.

50세가 넘어 어린 시절 앞바다에 작게만 보였던 고향의 섬, 보령의 장고도를 처음 방문했다는 사실은 나에게도 아이러니였다. 장고도 화보집 작업을 계기로 시작된 보령 섬과의 인연은 지금 나의 삶에서 중요한 부분을 차지하고 있다.

웬 중년 남성 둘이 프레임 한가득 담긴 다음 사진은 내게 퍽 의미가 깊다. 오른쪽 남자가 장고도를 처음 방문하는 날 찍힌 내 모습이다. 당시엔 섬에서 사람을 만난다는 생각보다 섬의 외형에 관심이 많았다. 그러나 장고도를 비롯해 다양한 섬을 다닐수록, 중요한 건 사람이라는 사실을 깨달았다. 섬은 그저 어떤 하나의 장소가 아니라 그곳에서 사는 사람들과 소통함으로써 그 가치가 완성되는 것이었다. 장고도를 처음 방문했을 때부터가 그 시작이었다. 배를 타고 섬을 한 바퀴고 돌며 그 섬의 모습을 잘 보고 싶었던 초보 섬 여행자의 부탁을 가벼이 여기지 않고, 그날 장고도 주민이자 선장님이신 분이 흔쾌하게 한 바퀴 운전을 해주셨다. 나의 얕은 심산은 그날부터 계속 계속 깊은 깨달음으로 변했다. 섬은 그 자체로 아름답지만 사람이 있고, 그 사람들과 소통하기에 더욱 아름다운 존재였다.

그곳에서 사진을 찍으며 고향을 재발견하고, 새로운 시선으로 과거와 현재를 연결하는 과정을 즐겼다. 이 모든 경험은 내게 고향의 풍경을 사진으로 담는 것 이상의 의미를 선사했다.

사진은 내가 사람들과 친밀감을 쌓는 가장 빠른 길이었다. 모델학과에 12년간 출강하며, 사진이 사람의 내면을 움직일 수 있음을 체감했다. 또한, 뷰티학과 박사과정과 중앙대 인물사진 콘텐츠 전문가 과정을 통해 사진이 사람들의 마음을 움직이고 이야기할 수 있는 콘텐츠가 될 수 있음을 확인했다. 이런 경험들은 내가 사진을 통해 더 깊고 넓은 세상으로 나아가야 한다는 확신을 주었다.

사진이 특별한 또 다른 이유 중 하나는 고향과 보령의 섬들을 이미지로 기록하면서 그것들의 가치를 새로 깨닫게 해주었기 때문이다. 내가 나고 자란 곳, 성장하면서 일상적으로 보았던 바다와 섬과 논밭이 내 사진의 프레임 안에 들어왔을 때, 그것은 더 이상 일상적인 풍경에 그치지 않고 소중하고 의미 깊은 장면들이 되었다. 만약, 섬을 사진으로 기록하는 프로젝트를 맡지 않았더라면, 고향을 재발견하는 이런 순간은 맞지 못했을 것이다.

사진은 내 삶 그 자체이며, 나의 이야기를 세상에 전하는 가장 진실한 언어이다. 그 소중한 언어로 살아 있는 날들 동안 계속 이 섬들을 기록하고 싶다.

초보 섬 여행자의 부탁으로 섬을 한 바퀴 돌아주신 장고도 주민인 선장님.
섬은 단순한 하나의 장소가 아니라
사람과 소통함으로써 그 가치가 완성되는 아름다운 존재였다.

# 왜, 지금 보령 섬인가?

나는 대한민국 104개의 섬을 다닌 '섬 작가'다. 섬은 단순한 여행지가 아니다. 그곳은 삶의 철학과 심리적 원형이 응축된 공간이며, 인간 존재의 근원을 탐구하는 무대다. 섬이 하나의 완결된 세계의 형태를 띠고 있기 때문인 듯하다. 육지와 단절된 공간, 안과 밖이 명확히 구분된 경계, 그리고 자연과 인간이 조화롭게 쌓아온 생태계가 고스란히 보존된 곳. 섬을 걷는 것은 시간을 거슬러 올라가는 일이며, 내가 살아온 흔적과 연결된 원형적 감정을 마주하는 과정이다.

과거, 섬은 유배지였다. 권력에서 밀려난 이들이 바다에 둘러싸인 고립의 공간에서 자신을 되돌아보았다. 나는 스스로를 유배시키듯 익숙함을 거부하고 낯선 곳을 찾아 떠났다. 그리고 수많은 섬을 지나온 끝에 결국 고향 보령 섬으로 왔다. 가장 익숙한 곳에 다다른 셈인데, 이렇게 다시 고향으로 돌아오게 된 이유는 무엇일까?

고향이란 늘 너무 가까이 있어 보이지 않는 법이다. 나는 익숙함을 의심하며 떠났지만, 그 익숙함이 결국 나의 원형을 마주하는 통로였음을 깨닫는다. 보령 섬은 단순한 물리적 공간이 아니다. 그것은 과거와 현재를 잇고, 육지와 바다를 넘나들며, 나 자신과 다시 연결되는 장소다. 낯선 지역의 온갖 섬을 다녔지만 떠난 뒤에야 비로소 보령 섬이 보였다.

어느 날, 일행과 함께 한 작은 섬의 식당에서 식사를 하던 중 옆 테이블에 앉아 있던 섬 주민과 이야기를 나눴다. 남편 이야기가 나왔고, 그녀는 담담한 미소와 함께 말했다. "멀리 떠났어요. 아직 돌아오지 않아서 기다리는 중이에요."

그녀의 얼굴에서 어딘가 섬사람이 지닌 익숙한 표정을 보았다. 나중에야 알게 된 사실이지만, 그녀의 남편은 바다로 고기를 잡으러 나갔다가 풍랑을 만나 세상을 떠났다. 그녀는 여전히 기다리고 있었다. 바다가 허락하지 않은 귀환을 희망하며. 섬은 그렇다. 그냥 극복하고, 그저 살아갈 뿐이라고 말한다. 그리고 나는 이와 비슷한 이야기를 섬을 다니면서 심심치 않게 들었다. 섬에서 살아가는 사람들에게 비극은 기록되지 않는다. 그것은 곧 일상이다. 많은 이가 아픔을 안고 살아가지만 누구도 그의 상처를 눈여겨보지 않는다. 오히려 그 누구에게도 이해받지 못하는 상실이 더 깊은 이야기가 될 수도 있다. 이처럼 잊힌 이야기가 떠도는 곳에서 나는 그들의 이야기를 듣는다. 그리고 배운다. 섬에서 일어난 비극적인 사건들 속에서, 인간의 본성은 어떻게 드러나는가? 사람들은 어떤 상실과 단절을 견뎌내며 살아가는가?

여행자에게 섬은 가상의 이별을 경험하는 장소이기도 하다. 섬 주민이 바다를 통해 떠나간 사람을 기다리는 것과는 다르지만, 여행자는 마지막 배가 떠나는 순간 단절의 감각을 체험한다. 고립된 공간에서 비로소 자유를 배운다. 섬에 머물다 보면, 도심의 복잡한 얽힘과는 다른 감정을 경험하게 된다. 바다는 명확한 경계를 제시하며, 섬의 삶의 방식은 필연적으로 단순하고도 치열하다. 섬은 나에게 떠나야만 이해할 수 있는 것들을 가르쳐주었다.

그렇다면 나는 보령의 섬에서 무엇을 보았을까? 단지 고향이며 나라는 존재의 원형으로 이끈 것 외에 타인들에겐 어떤 의미가 있느냐고, 말하자면 굳이 왜 보령 섬인가 하는 물음도 생길 법하다. 전국 104개의 섬을 다니는 동안 깨달았다. 보령의 섬들은 남해나 동해의 섬과 달리 육지와 그리 멀지 않으면서도 섬의 본질인 고립성을 유지하는 경우가 많았다. 섬은 그 자체로도 아름답겠지만, 인간에게 섬이 가치 있는 이유는 그곳에 사람이 살기 때문이다. 결국 자연과 소통하는 사람, 타인과 소통하는 사람, 육지와 왕래하는 이들로써 섬의 아름다움과 가치가 완성된다.

섬과 섬 사이가 그렇게 멀지도 가깝지도 않다는 특징도 눈여겨볼 만하다. 고립감과 소통이 섬의 가치라면 보령의 섬들만큼 적절한 간격을 유지하는 경우도 드물다. 마치 일정한 거리를 유지하며 평생 사이좋게 지내는 인간관계를 보는 듯한 기분이다.

보령의 섬을 기록하며 나 자신을 탐구할 수 있었고, 자연과 사람이 일체가 돼 일구어낸 풍광에 경이를 표할 수 있었으며, 섬사람들의 삶의 방식을 보고 그들의 이야기를 들으며 인생의 의미와 이치, 인간의 본성에 대해 배울 수 있었다. 사진이라는 언어로 이 보령 섬들을 기록할 수 있어서 진심으로 영광이다.

# 섬섬 피어나는 삶

2025년 5월 9일 1판 1쇄 인쇄
2025년 5월 20일 1판 1쇄 발행

**지은이**　　백승휴
**펴낸이**　　한기호
**책임편집**　도은숙
**편집**　　　정안나, 유태선, 김현구, 김혜경
**마케팅**　　윤수연
**디자인**　　북디자인 경놈
**경영지원**　국순근
**펴낸곳**　　어른의시간
　　　　　　출판등록 2014년 12월 11일 제2014-000331호
　　　　　　주소 04029 서울시 마포구 동교로 12안길 14(서교동) 삼성빌딩 A동 2층
　　　　　　전화 02-336-5675 팩스 02-337-5347
　　　　　　이메일 kpm@kpm21.co.kr
　　　　　　홈페이지 www.kpm21.co.kr

ISBN 979-11-87438-31-1 (03810)